Der Abstieg die Hölle

JULIETTE QUINN

This is a work of fiction. Similarities to real people, places, or events are entirely coincidental.

DER ABSTIEG EINER WITWE IN DIE HÖLLE

First edition. January 21, 2024.

ISBN: 979-8224123407

Written by JULIETTE QUINN.

Inhaltsverzeichnis

KAPITEL 1

Es war ein sonniger Freitag Anfang Juni, als Annie zu Fuß zu Veronica und Louis ging, dem Paar, bei dem sie seit einigen Wochen als Haushälterin beschäftigt war.

Sie liebte es, durch die ruhigen Straßen dieser Kleinstadt zu spazieren, aber wie jedes Mal, wenn sie das Haus dieses Paares besuchte, verspürte sie ein Unbehagen, eine Art undefinierbare Verlegenheit.

Sicherlich gab es diesen sozialen Unterschied zwischen ihnen.

Im Gegensatz zu ihren Arbeitgebern stammte Annie aus bescheidenen Verhältnissen. Louis war im Ruhestand. Als ehemaliger hochrangiger Beamter widmete er sich nun seinem Hobby als renommierter Amateurfotograf, was ihn dazu veranlasste, viel zu reisen, oft ohne seine Frau.

Veronica war eine sehr schöne Frau, und wenn da nicht ein paar Falten gewesen wären, hätte sie ihr Alter leicht verbergen können. Sie behielt eine schlanke Figur. Sie war immer sorgfältig gepflegt und geschminkt, trug Designerkleidung und zögerte nicht, sich manchmal sexy und adrett zu kleiden.

Annie musste sich hauptsächlich mit Veronica – „Madame Veronica" – auseinandersetzen. Eine große bürgerliche Frau, hochmütig und autoritär, zweifellos seit ihrer Jugend daran gewöhnt, bedient zu werden und der Mittelpunkt der Welt zu sein. Gegenüber Annie, die sie liebevoll Mya nannte, verhielt sie sich zweideutig, gab ihr Befehle oder machte ihr in unfreundlichem Ton Vorwürfe; dann, ein paar Augenblicke später, sprach er liebevoll, fast mitschuldig mit ihm.

Was Annie unbehaglich machte, war vor allem das sehr freie Verhalten ihres Chefs in einer für sie intimen Angelegenheit. Veronica zögerte nicht, sich leicht bekleidet vor ihrer Angestellten zu zeigen, und diese, die sich um das Waschen und Bügeln kümmerte, fand manchmal Kleidung und Dessous im Wäschekorb, die ihre Prüderie schockierten.

Und da waren noch andere Dinge...

Aber zwingende Gründe veranlassten Annie dazu, ihre Moral zum Schweigen zu bringen: Seit dem Tod ihres Mannes war ihre wirtschaftliche Situation nicht mehr sehr rosig. Ihr Gehalt als Teilzeit-Haushälterin, das ihr von einem Verein zur Unterstützung älterer Menschen vermittelt wurde, reichte ihr trotz ihrer bescheidenen Bedürfnisse kaum zum Überleben. Deshalb ergänzte sie ihr Einkommen durch direkte Arbeit für andere Personen.

So reagierte sie auf eine Anzeige, die Veronica letzten Monat geschaltet hatte.

Als sie sie während eines kurzen Interviews empfing, war sie vom Luxus des Anwesens und vom zur Schau gestellten Wohlstand der Dame des Hauses wie gelähmt. Außerdem war sie überrascht, sofort eingestellt zu werden. Und noch verblüffter war es, als Veronica ihr einen Stundenlohn anbot, der fast doppelt so hoch war wie ihr Lohn.

Die einzige Einschränkung, die ihm auferlegt wurde, bestand darin, jederzeit verfügbar zu sein, auch außerhalb seiner Tätigkeit für den Verein.

Annie befand sich nun auf der Straße, in der ihre Chefs wohnten, und konnte nicht anders, als erneut deren Anwesen zu bewundern. Es war eines der schönsten Häuser der Stadt, obwohl es von außen nicht sehr sichtbar war, da es von hohen Steinmauern und üppiger Vegetation umgeben war.

Wie immer beschleunigte sich ihr Herzschlag, als sie den Knopf am Video-Portier drückte und sie Veronicas Stimme hörte.

Als Veronica den Türsteher klingeln hörte, wusste sie, dass es Annie war, aber sie wollte ihre Freude, sie gefunden zu haben, nicht zum Ausdruck bringen.

- Ja ? sagte sie mit unpersönlicher Stimme, als das besorgte Gesicht ihrer Haushälterin auf dem Videobildschirm erschien.

- Es ist Mya, Frau Veronica.

- Ich öffne dir die Tür, komm rein.

Während ihr Angestellter das Tor aufstieß und dem Weg folgte, der zum Eingang der Villa führte, erinnerte sich Veronica zum hundertsten Mal an ihre unwahrscheinliche Begegnung.

Annie hatte angerufen, nachdem sie eine Ankündigung bei den Kaufleuten der Stadt gemacht hatte. Veronica hatte nur wenige Antworten erhalten und ohne große Überzeugung einen Termin für ihn vereinbart, da die zögernde Stimme am Telefon keinen besonders guten Eindruck auf sie gemacht hatte.

Doch als sich die beiden Frauen gegenüberstanden, änderte sie sofort ihre Meinung. Dieser blühende Körper, dieses gewölbte Gesäß im afrikanischen Stil, diese großzügige Brust ... Ein anderes Bild kam ihm sofort in den Sinn.

Nicole, die Freundin ihrer Mutter ... Als sie ein Teenager war, reisten ihre Eltern für zehn Tage ins Ausland, und Nicole nahm in dieser Zeit die kleine Veronica auf.

Sie war eine rundliche Frau in den Fünfzigern mit wohlgeformten Figuren, auch wenn ihre Gesichtszüge überraschend schön waren. Damals war die Einstellung zur Homosexualität noch nicht so groß wie heute und Nicole hatte kaum Gelegenheit, ihren lesbischen Neigungen freien Lauf zu lassen!

Sie war schon immer von Veronicas Schönheit und der Sinnlichkeit berührt gewesen, die vom harmonischen Körper dieses jungen Mädchens ausging. Daher war es für sie eine unüberwindliche Versuchung, tagelang mit ihr zusammen zu sein.
Sie wusste die ihr durch den Altersunterschied verliehene Autorität und ihren Status als Freundin ihrer Mutter zu nutzen, um Veronica davon zu überzeugen, ihren Annäherungsversuchen nachzugeben. Es begann mit Geschenken, darunter Dessous und Kleidung, und Ausflügen. Dann bestand sie darauf, dass das junge Mädchen nackt im Garten ein Sonnenbad nahm, was Nicole erlaubte, sie unter dem Vorwand, ihr Sonnenschutzmittel zu geben, zu streicheln.

Eingeschüchtert ließ sich Veronica zunächst verwöhnen, dann entdeckte sie ein unbestimmtes Vergnügen daran, von weiblichen Händen massiert zu werden. Sie war bereits sexuell gierig und eins führte zum anderen: Nicole erreichte ihre Ziele. Zur Hälfte des Aufenthalts lag Veronica im Bett und entdeckte sapphische Freuden, für die sie offensichtlich sehr begabt war.

Die Frau aus der Oberschicht war von diesem ersten Erlebnis geprägt und hielt Bilder davon fest, in denen sich Groll gegen die Freundin ihrer Mutter, ein gewisses Wiedererkennen und der Wunsch vermischten, die damaligen Empfindungen wiederzuentdecken. Seitdem war sie jedes

Mal beunruhigt, wenn sie einer Frau gegenüberstand, die sie körperlich an ihren Initiator erinnerte. Und Annie auch.

Darüber hinaus hatte Louis Veronica ein Jahr lang vernachlässigt, was ihr umso schwerer fiel, als sie immer noch starke sexuelle Bedürfnisse hatte. Während ihr Paar eine turbulente Sexualität erlebte und die Ära der Befreiung der Moral voll und ganz erlebte, war Louis mehrere Monate lang in ein junges Model vernarrt, das für seine Fotos posierte, und er tauchte selten wieder im Ehehaus auf.

Innerhalb einer halben Stunde hatte Veronica Annie eingestellt und ihr ein Gehalt angeboten, bei dem sie zweimal darüber nachdenken würde, seine Abteilung zu verlassen, egal was passierte.

- „Hallo Frau Veronica", sagte Annie mit unterwürfiger Miene zu ihr.

Sie hätte es sich um nichts in der Welt anmerken lassen, aber das Outfit ihres Chefs schockierte sie. Ein kurzer Bademantel aus bunter Seide, der die Hälfte ihrer leicht gebräunten Oberschenkel freigab und dessen Ausschnitt so weit offen war, dass man vermuten konnte, dass sie keinen BH trug.

- Hallo Mya. Geht es dir gut?, antwortete Veronica.

- Ja Madame.

- So viel besser ! Ich habe heute eine Menge Dinge für Sie zu erledigen. Ich hatte letzte Nacht zwei Freunde zu Besuch. Du wirst das Wohnzimmer aufräumen, dann wirst du mein Zimmer aufräumen und die Bettwäsche auf meinem Bett wechseln.

Mein Mann kommt morgen nach Hause.

- Nun, Frau Veronica.

Annie ging sofort in Richtung des unordentlichen Wohnzimmers. Sie hob die Kissen auf, die auf dem Teppich lagen, die Tabletts, auf denen sich noch ein paar Petit Fours befanden, und zwei leere Flaschen Jahrgangschampagner. Sie wusch die Champagnergläser und saugte.

Dann ging sie nach oben in das Zimmer ihres Chefs, ein Raum, in dem sie sich besonders unwohl fühlte, weil sie vermutete, dass dort Possen stattfanden, die sie sich nicht vorstellen konnte und wollte.

Auf der Kommode hing zunächst dieses große Foto von Veronica, als sie jung war. Wir haben sie nackt am Strand gesehen, in einer sehr provokanten Pose. Im Hintergrund konnten wir das verschwommene Bild ebenso nackter Körper sehen.

Als sie sie zum ersten Mal sah, schaute sie weg, als wäre sie versehentlich in die Privatsphäre ihres Chefs geraten. Doch eines Tages, als sie glaubte, allein zu sein und sich endlich dazu entschlossen hatte sich das Foto wirklich anzusehen, hörte sie eine Stimme hinter sich, die sie zusammenzucken ließ. Es war Veronika.

- Also Mya, bewunderst du mein Foto?
- Nein.... „Ähm, ja... Nein, ich habe sie nicht wirklich angesehen" stammelte sie.
- Aber es macht mir nichts aus, dass du mich so siehst, Mya! Dies is ein Foto, das mein Mann in Cap d'Agde aufgenommen hat. Ich war 2: Jahre alt. Heute bin ich weniger schön und meine Brüste sind wenige fest.
- „Oh, Mrs. Veronica, das sollten Sie nicht sagen", antwortete Annie rot wie eine Pfingstrose.

Die Dinge waren dort geblieben, aber als Annie heute in diesen Raum zurückkehrte und den Zustand des Raumes feststellte, verspürte sie das gleiche Unbehagen. Schlechter.

Das Bett sah aus wie ein Schlachtfeld und die zerknitterte Bettwäsche hatte Flecken von Make-up und verschiedenen Lippenstiften. Dieselben, die Spuren auf den Champagnergläsern hinterlassen hatten, die sie gewaschen hatte.

Neben dem Bett weitere Flöten und eine leere Flasche Champagner. Und vor allem ein Spitzen-BH und ein Tanga von Veronica.

Annie schlug die Laken auf, hob die Unterwäsche ihres Chefs auf und sammelte Handtücher ein, die ebenfalls auf dem Boden des angrenzenden Badezimmers verstreut waren. Sie nahm alles, um es zu waschen, und ging zurück ins Schlafzimmer.

Während sie saubere Laken überzog, bemerkte sie auf dem Nachttisch einen Gegenstand, der ihr unbekannt war, dessen Zweck sie aber dennoch vermutete. Ein rosafarbenes Kaninchen, das neben dem Radiowecker steht ...

Sie wusste nicht, was sie damit anfangen sollte. Lass es da? In einer Schublade aufbewahren? Als sie es angewidert zwischen den Fingern packte, spürte sie, dass es noch leicht feucht und klebrig war und ließ es sofort los, als hätte sie sich verbrannt.

Vom Treppenabsatz aus hatte Veronica diskret die Gesten und Reaktionen ihrer Haushälterin beobachtet und war amüsiert über ihre Reaktion, als sie den Dildo entdeckte. Sie konnte nicht anders, als ihren großzügigen Körper zu verschlingen, sie sich nackt vorzustellen, ihre schweren Brüste, ihr großes Gesäß, ihren leicht runden Bauch. Sie wollte sich den unter einem dunklen Vlies verborgenen Berg der Venus und den darin verborgenen Schatz vorstellen. Sie betrat die Tür und erschreckte Annie.

- Ach ja, Mya, ich habe vergessen, es dir zu sagen. Um mein Spielzeug zu reinigen, können Sie im Badezimmer die Duftcreme von La Vante verwenden. Und lassen Sie es unter fließendem Wasser laufen: Es ist wasserdicht.

- „Sehr gut, Frau Veronica", antwortete sie zitternd und rot vor Verwirrung.

- Ich hoffe, ich schockiere Sie nicht, aber mir war letzte Nacht langweilig. Das musst du wissen, Mya, du, der du allein bist?

- „Ich... mir ist nicht wirklich langweilig", stammelte Anne Marie.

- Komm schon, ich glaube dir nicht, Mya! Ihr Mann ist schon seit einiger Zeit tot. Oder hast du jemanden?

- „Aber nein, Frau Veronica", sagte sie empört.

- Du wirst mich nicht glauben machen, dass dein Körper keine Freuden und Liebkosungen braucht. Wenn du also ganz alleine bist...

Veronica ließ ihren Satz hängen. Annie wollte verschwinden, da sie nicht einmal den Gedanken an die Vorschläge ihres Chefs ertragen konnte. Es war ihr schon einmal passiert, dass sie sich unwohl fühlte, als sie sich unter der Dusche wusch, aber sie unterdrückte diesen Impuls, der sie beschämte, sofort. Sie hatte gezögert, während ihrer wöchentlichen Beichte vor dem Priester darüber zu sprechen, aber diese Scham war zu groß, und sie hatte sich als Buße zehn „Vater unser“ und zehn „Gegrüßet seist du Maria“ auferlegt.

Veronica trat näher an Annie heran und legte ihren Arm um ihre Schulter.

- Du willst nicht darüber reden? Du liegst falsch, Mya, es ist keine Schande, als Frau deine Wünsche zu bekennen. Ich verstecke es nicht. Besonders mit Dir.

Annies gesenkter Blick verlor sich im Ausschnitt des Bademantels ihrer Chefin. Zum ersten Mal sah sie ihre nackte Brust, ihre birnenförmigen Brüste, immer noch fest, auch wenn sie nicht mehr die gleiche Arroganz hatten wie auf dem Foto von Cap d'Agde.

- „Siehst du, du kannst nicht anders, als hinzusehen“, lachte Veronica, die den Blick ihrer Angestellten bemerkt hatte.
- Nein, ich habe nicht gesucht, das versichere ich Ihnen.
- Nun, Mya, ich möchte deine Brüste sehen und ich verstecke es nicht!
- Das sollten Sie nicht sagen, Frau Veronica, es ist schlimm.

Die arme Annie befreite sich beschämt und verwirrt. Veronica erwartete diese Reaktion und gab sich durch diesen ersten Misserfolg nicht geschlagen.

Sie kam an diesem Tag nicht direkt zur Arbeit zurück, sondern während Annie das Zimmer saugte, ging sie ins Badezimmer, zog ihren Bademantel aus und stand lange Zeit nackt vor dem Spiegel, um sich zu schminken. bevor sie in ihrem Kleiderschrank nach Kleidung sucht, immer noch in ihrem Eve-Outfit.

Annie wusste nicht wirklich, welche Haltung sie einnehmen sollte, und dachte einen Moment darüber nach, ihrem Chef mitzuteilen, dass sie zurücktreten würde. Aber am Ende des Tages gab ihm Veronica einen Umschlag mit seinem Gehalt für den letzten Monat und teilte ihm mit, dass sie einen Bonus hinzugefügt hatte.

Als sie nach Hause zurückkehrte, bemerkte sie, dass dieser Bargeldbonus ihr ohnehin schon beachtliches Gehalt verdoppelte. Sie beschloss, abzuwarten, wie sich ihre Beziehung zu Veronica entwickeln würde, bevor sie ihren Rücktritt einreichte ...

Das Wochenende verging für Annie so eintönig wie immer. Sonntagsmesse, Fernsehserien ohne Überraschungen ... Von Zeit zu Zeit dachte sie über Veronicas Haltung nach, versuchte sich aber einzureden, dass sich die Dinge wieder normalisieren würden, wenn ihr klar wurde, dass sie keine Chance hatte. Aber trotzdem... Wie konnte eine Frau auf solche Ideen kommen?

Annie wurde hauptsächlich morgens mit den älteren Leuten des Vereins besucht, und Veronica besuchte sie fast jeden Nachmittag. Dies war auch an diesem Montag wieder der Fall.

Der Sommeranfang war überraschend früh und es war so heiß wie im August.

An diesem Tag empfing Veronica Annie in einem kleinen kurzen Kleid mit Trägern aus ecrufarbenem Leinen. Im Licht konnte man durch den Stoff erkennen, dass sie nichts anderes trug. Annie hatte angesichts der Temperatur nur ein Blusenkleid über ihrer schicken Playtex-Unterwäsche getragen, aber nicht auf Strumpfhosen verzichtet.

Anders als am Freitag zuvor verlief seine erste Arbeitsstunde normal. Ihr Chef hatte sie gebeten, das Wohnzimmer zu putzen und abzustauben und, sobald sie fertig war, das Bügeln in Angriff zu nehmen. Annie dachte, ihre Reaktion hätte Veronica davon überzeugt, ihre lüsternen Annäherungsversuche aufzugeben ... Falsch! Bald hörte sie ihn rufen:

- Mya!... Mya, komm auf die Terrasse, ich brauche dich!

Sie fand ihren Chef auf dem Bauch liegend auf einer mit Kissen ausgestatteten Sonnenliege sonnenbadend vor. Sie trug einen Tanga, einen winzigen Tanga, dessen String zwischen ihrem Gesäß verschwand.

- Mya, bitte nimm die Flasche Sonnenschutzöl vom Rand der Fenstertür und komm und schmiere mir etwas davon auf den Rücken.

- „Sofort, Frau Veronica“, antwortete sie und machte sich plötzlich Sorgen darüber, was als nächstes passieren würde.

Annie tat es. Sie nahm die Flasche, goss ein wenig bernsteinfarbene Flüssigkeit in ihre Hand und begann, die Schultern ihres Chefs zu massieren. Sie verteilte das Öl gewissenhaft auf Veronicas oberem Rücken, ging bis zu ihrem Kreuz hinunter und staunte unwillkürlich über die Festigkeit dieses reifen Körpers. Unter Annies Massage stieß ihr Chef kleine lustvolle Seufzer aus, die ihr Unbehagen bereiteten.

- Du hast Feenhände, Mya, sie hat ihr ein Kompliment gemacht Sanft und voller Sinnlichkeit. Haben wir es Ihnen schon gesagt?

- Nein, Frau Veronica. Ich habe noch nie jemandem Sonnencreme gegeben, außer meiner Tochter, als sie klein war.

- Schade, du bist talentiert. „Fahren Sie fort“, fügt sie hinzu und öffnet die Bänder ihres Tangas.

- Aber...das kann ich nicht, Frau Veronica! Ich werde dir kein Öl au den Hintern schmieren...

- Warum nicht ? „Sie wissen, was der Körper einer Frau ist“, sagte si lachend und legte die Hand ihrer Mitarbeiterin auf ihr Gesäß.

Annie spürte die runden, gebräunten Kugeln von Veronicas kleinen Hintern unter ihren Fingern und fühlte sich traurig, als sie an ihren Hintern dachte. Aber von dieser Seite erwartete sie jedenfalls nichts. Mi zögernden Gesten verteilte sie das Sonnenschutzöl.

- Komm schon, besser als das! Ihr Chef tadelte sie. Und trage auch etwas auf meine Oberschenkel auf.

Mit einer plötzlichen Bewegung entledigte sie sich ihres Tangas, ergriff Annies Hand und richtete sie auf die Oberseite ihrer Schenkel, wobei sie diese ein wenig spreizte.

- „Oh, Mrs. Veronica“, sagte Annie empört.

Ihr Chef hielt ihre Hand und massierte wider Willen ihr Gesäß und ihre Oberschenkel. Seine Finger strichen über die Vulva der schönen und perversen bürgerlichen Frau und sammelten unwillkürlich ein paar Tropfen Sperma auf, die perlten.

Veronica erkannte, dass sie ihre Ziele auf diese Weise nicht erreichen würde, aber sie hatte vor, damit nicht aufzuhören und es auf die eine oder andere Weise zu schaffen, Annie ihren Wünschen zu unterwerfen.

Sie ließ zu, dass sie ihre Hand zurückzog, und lud sie ein, für ein paar Augenblicke neben ihr auf einem Rattansessel zu sitzen und sich zu unterhalten.

- Sag mir, Mya, bist du mit deinem Mann an den Strand gegangen?
- Selten waren wir dort, wenn meine Tochter bei uns war. Und seit er gegangen war, waren wir nicht mehr zurückgekehrt. So, jetzt wo ich alleine bin...
- Haben Sie es nie gemocht, braun zu werden?
- Nicht wirklich, Frau Veronica. Wissen Sie, wenn Sie nicht so schön sind wie Sie, möchten Sie keinen Badeanzug tragen.
- Na und?, fuhr Veronica lachend fort. Du musst es wie ich machen: Trage keinen Badeanzug!
- Oh, du denkst nicht darüber nach! Ich würde es nie wagen, ich würde mich zu sehr schämen.

Annie nutzte den Vorwand, etwas Dringendes in der Küche zu erledigen zu haben, und nutzte die Gelegenheit zur Flucht. Doch kaum war sie zurückgekehrt, als sich ihr Chef leise zu ihr gesellte, ohne dass sie sie ankommen sah. Nackt drückte sie sich an den Rücken ihrer Angestellten und flüsterte ihr ins Ohr:

- Warum rennst du vor mir davon, Mya? Ich möchte nur Gutes für dich... Ich möchte, dass du neben mir auf der Terrasse bist, deine schrecklichen Klamotten ausziehst, dich nackt auf die Sonnenliege legst und dass ich es bin, der massiert Du mit Öl...

Veronica hatte ihre Arme um Annies Taille gelegt, und sie hatte ihre Hände auf ihre Brüste gelegt und sie voller Verlangen durch die Bluse gestreichelt. Sie fiel fast in Ohnmacht, als sie unter ihren Fingern die Brustwarzen vermutete, die ihrer Meinung nach groß und dunkel waren.

Annie fühlte sich wie ein gefangenes Tier, war aber entsetzt über den Vorschlag ihres Chefs. Nein sagen. Sie musste in der Lage sein, „Nein" zu sagen, ohne Veronica wütend zu machen, um ihr klar zu machen, dass sie niemals Taten begehen würde, die ihre christliche Moral missbilligt und verurteilt.

- Frau Veronica, ich flehe Sie an. Ich würde solche Worte lieber nicht hören. Ich bin einfach eine arme, unattraktive Frau und mit dem Leben, das ich führe, zufrieden. Versuchen Sie bitte nicht, mich dazu zu bringen, Dinge zu tun, die mich in die Hölle bringen würden und die ich nicht tun möchte.

- „Nun", antwortete ihre Chefin, die Mühe hatte, ihre Wut über die Ablehnung im Zaum zu halten, „leben Sie weiterhin als arme, traurige Witwe."

Sie ließ ihre Mitarbeiterin den Tränen nahe dort zurück und kehrte auf die Terrasse zurück.

Der Nachmittag endete in tiefer Stille. Annie erledigte gewissenhaft die geplanten Hausarbeiten. Als die Sonnenstrahlen schwächer wurden, zog sich ihre Chefin an und verschwand in ihrem Zimmer.

Sie brach ihr Schweigen, als ihr Mitarbeiter ging.

- Gib mir nicht die Schuld für das, was ich dir vorhin gesagt habe, Mya. Ich mag dich wirklich, das weißt du. Ich zähle morgen Nachmittag auf dich.

Annie war erleichtert, das Haus zu verlassen und ging nach Hause. Durch den Spaziergang konnte sie etwas Ruhe zurückgewinnen, doch die Rückkehr zu Veronica machte ihr immer mehr Angst.

KAPITEL 2

Allein zu Hause dachte Veronica lange über die Situation nach.

Annies Widerstand verstärkte ihr Verlangen nur, aber das Scheitern der Versuche, diese Frau aus der Oberschicht zu verführen, die es gewohnt war, das zu bekommen, was sie wollte, war für sie unerträglich. Um ihre Ziele zu erreichen, war die sanfte Methode wirkungslos, und sie wusste, dass sie ihre Mitarbeiterin auf unbestimmte Zeit belagern konnte, ohne den Widerstand ihrer veralteten Moral zu überwinden.

Es blieb also nur noch der harte Weg.

In seinem Kopf entstand ein Plan ...

Er musste zunächst ein Mindestmaß an Vertrauen von seiner Beute zurückgewinnen. Und um dies zu tun, beruhigen Sie die Dinge für eine Weile. Sie arbeitete in den folgenden Tagen daran.

Am nächsten Nachmittag kam Annie mit einem Kloß im Magen bei Veronica an. Als sie sich dem großen Haus näherte, wurde sie von schrecklicher Angst ergriffen und hätte beinahe umgedreht. Aber sie drückte trotzdem den Knopf der Gegensprechanlage und fürchtete sich, die Stimme ihres Chefs zu hören.

- „Es ist Mya", sagte sie mit leerer Stimme und kündigte sich an.
- Hallo Mya. Ich werde es für Sie öffnen. Kommen Sie bitte herein.

Veronicas Stimme war sanfter als gewöhnlich.

Fast höflich.

Annies Arbeitstag verlief ganz normal. Fast zu viel, dachte sie, und
e hatte nicht unrecht.

An diesem und den folgenden Tagen war Veronica noch
eundlicher zu ihr. Es handelte sich nicht mehr um beharrliches Flirten,
ıch wenn bestimmte Komplimente mit einer gewissen Zweideutigkeit
ersehen waren. Aber Annie fühlte sich beruhigt: An einen Rücktritt,
er sie in eine heikle wirtschaftliche Lage gebracht hätte, war nicht mehr
ı denken. Und um ihre letzten Ängste zu vertreiben, fand sie am Ende
er Woche in dem Umschlag mit ihrem Gehaltsscheck noch eine große
argeldprämie.

Veronica gab jedoch nicht auf. Die ganze Woche über hatte sie mit
em Gebiss gerungen. Es hat ihn gekostet und sein Verlangen nach
einem Angestellten nur noch verstärkt.

Jeden Abend masturbierte sie, zwang sich, mit ihren Sexspielzeugen
ı kommen, während sie über ihren runden, vollen Körper phantasierte.
ie stellte sich vor, wie sie ihr Gesäß rieb, ihre Brüste knetete und in
ie großen Brustwarzen kniff, bis Annie vor Schmerz und Vergnügen
ıfschrie. Und auf dem Höhepunkt ihrer Erregung sah sie, wie sie sich in
ırem üppigen, dunklen Haar vergrub und ihren vor Nässe glitzernden
chlitz und ihre erigierte Klitoris entdeckte.

So erreichte sie nacheinander Orgasmen, bis sie erschöpft war, aber
och eifriger wurde, diesen Traum in die Realität umzusetzen.

M DARAUFFOLGENDEN Montag traf Annie selbstbewusst im
Iaus ihres Chefs ein. Der Tag verlief genauso normal wie die der

Vorwoche. Bis zum Ende des Nachmittags, als Veronica in einem besonders süßen Ton mit Annie sprach, die bereit war, zu gehen.

- Bevor du gehst, wollte ich dich etwas fragen, Mya.
- Ja, Frau Veronica?
- Könnten Sie morgen später kommen? Zum Beispiel gegen 18 Uhr?
- Natürlich. „Aber das wird mir wenig Zeit für meine Arbeit lassen", bemerkte Annie ratlos.
- Das heißt, Mya ... Es ist mein Geburtstag (es war falsch, aber ihre Mitarbeiterin kannte das tatsächliche Datum nicht) und ich bin allein. Mein Mann ist immer noch weg.
Zu beschäftigt mit seinem Modell.

Beinahe hätte sie „diese Schlampe" hinzugefügt, hielt sich aber zurück und wollte der prüden Haushälterin das Gesicht empörter Würde verleihen. Sie fuhr fort, während Annie sie mit mitfühlenden Augen ansah.

- Ich möchte, dass du zum Abendessen bei mir bleibst.
- Oh, Frau Veronica, ich verstehe Sie. Ich weiß, was Einsamkeit ist Aber du verbringst den Abend vor einer armen Frau wie mir ...
- „Bitte, Mya", unterbrach sie. Außerdem liegst du falsch, ich mag dich wirklich. Es wäre mir eine wahre Freude.
- Nun, das ist in Ordnung, Frau Veronica. Ich komme um 18 Uhr.

Veronica jubelte innerlich und Annie ging nach Hause. Ihre einzig wirkliche Sorge war, wie sie sich während dieser Mahlzeit verhalten sollte, da sie noch nie an einem bürgerlichen Tisch gegessen hatte. Und wie kleidet man sich dann? Sie hatte kein schönes Kleid ... Bringen Si Mrs. Veronica ein Geschenk,

etwas, aber was?

AM DIENSTAG DACHTEN die beiden Frauen den ganzen Tag über den Abend nach, der sie erwartete. Aber nicht auf die gleiche Weise und aus den gleichen Gründen!

Am Morgen verrichtete Annie ihren üblichen Gottesdienst mit den älteren Menschen, die sie mittlerweile gut kannte. Dann, am Nachmittag, ging sie zum Blumenladen in der kleinen Nachbarstadt und kaufte einen großen Blumenstrauß in leuchtenden Farben.

Sie ging zufrieden mit ihrem Einkauf nach Hause, duschte und frisierte sich die Haare. Sie war zum ersten Mal seit Jahren herausgeputzt! Schließlich zog sie ihre neueste Playtex-Unterwäsche an und probierte ihr einziges „richtiges" Kleid an, das sie vor vier Jahren für eine Familienhochzeit gekauft hatte: ein Baumwollkleid in Pastelltönen, mit kurzen Ärmeln und vorne zugeknöpft. . Wunder. Es passte ihm immer noch.

Sie achtete darauf, pünktlich zu sein und weder zu früh noch zu spät beim Haus ihres Chefs einzutreffen. Trotz allem verspürte sie die ganze Zeit über eine dumpfe Sorge, einfach die, der Aufgabe nicht gewachsen zu sein.

Diese Sorge verflüchtigte sich ein wenig, als Veronica ihn herzlich begrüßte.

- Guten Abend Mya. Wenn Sie wüssten, wie glücklich ich bin, dass Sie meine Einladung angenommen haben!
- Guten Abend, Frau Veronica. Es liegt vielmehr an mir, Ihnen zu danken ... Und ich wünsche Ihnen alles Gute zum Geburtstag, fügt sie hinzu und bietet ihm ihren Blumenstrauß an.
- Oh danke, Mya! Sie sind wundervoll ! Aber ich werde dich wieder beschimpfen. Ich lasse dich sie in eine Vase stellen, während ich mich fertig mache.

- Gute Frau.

- Aber... Lass mich dich bewundern. Du siehst in diesem Kleid sehr schön aus!

Annie errötete unter diesem Kompliment. Wenn sie gewusst hätte, was ihr Chef dachte ... Veronica könnte sich vorstellen, das Kleid auszuziehen. Dann befreit er seine Angestellte von ihrer Unterwäsche, um ihren großzügigen, nackten Körper zu entdecken ... bevor er sie mit Gewalt in Besitz nimmt und zum Abspritzen bringt.

- Oh, ich habe es beinahe vergessen. Du musst auch ein paar Laken auf das Bett im Gästezimmer legen.

- „Ich kümmere mich darum, Frau Veronica, nehmen Sie sich Zeit", antwortete Annie, die dachte, dass ihr Chef am nächsten Tag wahrscheinlich jemanden bei sich aufnehmen würde.

Sie führte die Anweisungen ihres Chefs mit gewohntem Eifer aus. Als sie durch das Haus ging, sah sie den gedeckten Tisch im Wohnzimmer. Ein echter Empfangstisch. Zwei feine weiße Porzellanteller, verschiedene Kristallgläser, Silberbesteck, Kerzenständer ... Madame Veronica empfing sie wie eine Königin! Oder zumindest wie ein Mensch aus seiner Welt.

Annie fühlte sich eingeschüchtert, aber sie riss sich zusammen, um das Gästezimmer vorzubereiten. Satinbettwäsche erwartete ihn, gefaltet auf einem Stuhl neben dem Bett. Dieser war sehr breit und hatte einen vergitterten Kopf und Fuß. Während sie die Bettwäsche aufstellte, bemerkte sie eine geschlossene Kiste, die normalerweise nicht da war, aber sie schenkte ihr nicht viel Aufmerksamkeit.

Veronica verbrachte viel Zeit damit, sich fertig zu machen, und Annie beschäftigte sich mit kleinen Aufgaben.

Es war fast 19 Uhr, als es an der Tür klingelte. Es war der Caterer aus der Nachbarstadt, der die Abendbestellung seines Chefs brachte, und Annie öffnete und nahm sie entgegen. Sie sah das Geschirr durch die Verpackung und sagte sich, dass sie noch nie zu einem solchen Fest eingeladen worden war.

Wenige Augenblicke später gesellte sich Veronica zu ihr. Sie trug ein sehr formelles Kleid und war in den Augen der klugen Haushälterin unglaublich sexy. Ein eng anliegendes Etuikleid aus mattschwarzem Satin mit seitlichem Schlitz bis zur Hüfte über schwarzen halterlosen Netzstrümpfen. Und da war dieser schwindelerregende V-Ausschnitt, der fast bis zum Nabel reichte und keinen Zweifel daran ließ, dass sie keinen BH trug.

Veronica war sorgfältig geschminkt, ihre Nägel waren leuchtend rot lackiert und ihr Outfit wurde durch sehr hohe Absätze und schweren Schmuck abgerundet. Annie konnte sich nicht vorstellen, dass ihr Chef sich nur für ein Abendessen mit ihr für ein solches Kleid entschieden hatte. Sie wollte ihm ein Kompliment für seine Schönheit machen, aber ihr fehlten die Worte und sie schwieg.

- Komm schon, Mya, lass uns an den Tisch gehen, wenn du willst. Ich überlasse Ihnen das Servieren der Gerichte und kümmere mich um den Champagner.

- Wie Sie wünschen, Frau Veronica.

Sie zeigte Annie ihren Platz am Tisch, verschwand für einen kurzen Moment und kehrte mit einer Flasche Vintage-Champagner in einem Eiskübel und einem Tablett mit Petits Fours zurück. Sie füllte ihre beiden Flöten und erhob ihre zum Toasten.

- Für dich, Mya!

- Prost. Und alles Gute zum Geburtstag, Ma'am

Veronika.

- Danke Mya. Ich denke, wir werden beide einen tollen Abend haben“, fügte sie mit einem räuberischen Lächeln hinzu.

Der Aperitif verlief langsam, wie es sich gehörte, und Veronica achtete darauf, ein kontinuierliches Gespräch mit Annie aufrechtzuerhalten, die langsam an ihrem Champagner nippte. So etwas hatte sie noch nie getrunken.

Dann war es Zeit für das Abendessen.

Annie entfernte das leere Tablett mit Petits Fours und brachte Teller mit Foie Gras zurück, die der Caterer zubereitet hatte. Während er weg war, hatte Veronica ihre leere Flöte mit Champagner gefüllt.

- Ich möchte nicht zu viel trinken, Frau Veronica. Ich komme mit Alkohol nicht gut zurecht, ich bin daran nicht gewöhnt, wissen Sie.

- Mach dir keine Sorgen, Mya. So ein Champagner macht nicht krank.

Und das Essen begann. Auf die Gänseleberpastete folgte ein köstliches kaltes Fischgericht, begleitet von kleinem Gemüse. Veronica goss ihrem Gast regelmäßig Champagner in die Flöte und beobachtete mit Befriedigung die Wirkung des Getränks.

Jedes Mal klaffte der Ausschnitt ihres Kleides und gab den Blick auf ihre nackten Brüste frei, deren Spitzen im Laufe des Abends immer mehr hervortanzten. Für eine Person ihres Alters hielt ihre Brust mehr als stand und sie hätte viele jüngere Frauen neidisch gemacht!

Annie wurde immer gesprächiger. Sie verlor nach und nach ihre Zurückhaltung und begann, persönliche Fragen ihres Chefs zu beantworten, denen sie normalerweise ausgewichen wäre.

Es war Zeit für den Nachtisch. Annie hatte einige Schwierigkeiten aufzustehen, aber es gelang ihr, das benutzte Geschirr abzuräumen und den Kuchen zurückzubringen. Eine herrliche Geburtstagstorte aus Schokolade.

- „Madame Veronica, Sie verstehen mich an meiner Schwachstelle", gab Annie immer hemmungsloser zu. Ich liebe Kuchen. Und die Schokolade!

- Ich freue mich, Mya. „Lasst uns unsere Gläser erheben", sagte sie und füllte die Flöten nach.

- Nein, Frau Veronica. Ich werde beschwipst sein, ich werde nicht mehr aufstehen.

- Komm schon, Mya, ich habe nicht jeden Tag Geburtstag. Und ich kann dich nach Hause bringen.

Sie konnte sich nicht weigern und hob erneut ihr Glas, um auf die Gesundheit ihres Chefs anzustoßen.

Sie freute sich innerlich darüber, dass ihr Plan in die Tat umgesetzt wurde, ohne dass es zu dem geringsten unvorhergesehenen Ereignis kam. Sie schaute ihre Mitarbeiterin beim Toasten lange an und stellte sich vor, wie sie bereits nackt war und ihren schlimmsten Wünschen ausgesetzt war.

Annie aß ihr Stück Kuchen auf, ohne dass ein Krümel übrig blieb. Sie wollte aufstehen, um zu dienen, aber es gelang ihr nicht.

- Mein Gott, Frau Veronica, ich habe zu viel getrunken. „Ich kann nicht aufstehen", gab sie nach einem dritten erfolglosen Versuch zu.

- Es spielt keine Rolle, Mya. Wir werden es morgen klären. Du wirst dich im Gästezimmer hinlegen, das ist schon in Ordnung. Und dann fahre ich dich nach Hause, wenn du willst.

- Vielen Dank, Frau Veronica. Ich schäme mich, wenn du es wüsstest.

Das war mir noch nie passiert.

Veronica half ihr auf und stützte sie, damit sie unter Schmerzen die Treppe hinaufsteigen konnte. Als sie im Gästezimmer ankam, zwang sie sie, sich auf das Bett zu legen.

Annie lag hilflos auf dem Bett. Veronica begann ihr Kleid aufzuknöpfen.

- Überlass es mir, es wird dir besser gehen, sagte sie.

Und da ihr Mitarbeiter sie nicht wegstieß, beugte sie sich über sie und legte ihre Lippen auf ihren Mund. Dieser Kontakt, das Gefühl dieser Zunge, die nach ihrer suchte, holte Annie ein wenig aus ihrer Erstarrung

- Nein, Frau Veronica. Du weißt, dass ich das nicht will.
- „Red keinen Unsinn, vertrau mir, Mya“, antwortete sie, küsste ihn fester und knöpfte ihr Kleid auf. Sie möchten meinen Dienst nicht verlassen, trotz allem, was ich für Sie tue?

Die Wirkung des Champagners, Veronicas sanfte Stimme, die sowohl beruhigende als auch bedrohliche Worte flüsterte ... All dies zerstörte die Abwehrkräfte der armen Frau, die es plötzlich aufgab, die Liebkosungen ihres Chefs abzulehnen. Ermutigt durch seine Passivität ließ Veronica ihre Strumpfhosen über ihre Beine gleiten und warf sie auf den Teppich. Dann nahm sie den Verschluss von Annies BH in Angriff der unter ihren erfahrenen Fingern schnell nachgab.

Veronica richtete sich ein wenig auf, um die runden Brüste zu bewundern, die, befreit, ihr Volumen und ihre natürliche Form wiedererlangten. Sie jubelte, als sie bemerkte, dass die Warzenhöfe groß waren und zwei körnige und hervorstehende Spitzen hatten, so wie sie es sich vorgestellt hatte.

Sie wollte diesen Moment verewigen, sowohl zu ihrem Vergnügen als auch in Erwartung der Fortsetzung ihres machiavellistischen Plans. Sie holte eine kleine Digitalkamera aus der Box, die sie vorbereitet hatte, und machte mehrere Fotos von Annie, wie sie oben ohne lag, bevor sie die Kamera auf der Kommode neben dem Bett platzierte und sie einschaltete. Videomodus.

Es blieb nur noch eine letzte Mauer übrig, die er niederreißen konnte.

Sie legte ihre Hände auf Annies Taille und begann, ihr Höschen herunterzuziehen. Aber sie hatte einen Anfang und fand die Kraft, ihren Chef abzustoßen, der nicht wütend wurde und überzeugen wollte.

- Überlass es mir, Mya. Sie werden sehen, wie viel besser Sie sich ohne dieses schreckliche Höschen fühlen werden.

- Ich kann nicht, Frau Veronica, ich würde mich zu sehr schämen, mich nackt vor Ihnen zu zeigen, ich bin nicht so schön wie Sie.

- Es liegt falsch, wenn du deinen Körper nicht magst. Ich mag kurvige Frauen, genau wie du. Bekommt man ein schlechtes Gewissen, wenn man dies zulässt?

- Ja, Frau Veronica. Das wäre schlecht. Der liebe Gott verbietet es.

- Es gibt also eine Lösung, damit Sie kein schlechtes Gewissen haben. Wenn Dinge gegen Ihren Willen getan würden, wäre es keine Sünde mehr ...

- Ich verstehe nicht, was du mir sagen willst...

- Ich sorge dafür, dass du dich nicht schuldig fühlst, ich trage die Verantwortung...

Während sie sprach, stand Veronica auf. Sie nahm zwei Paar Handschellen aus der Schachtel und fesselte Annies Handgelenke an die Metallstangen des Kopfteils, um ihre ausgestreckten Arme zu blockieren.

Diese Haltung ließ ihre schweren Brüste heben, ohne dass sie merkte, was mit ihr geschah.

- Frau Veronica! Was machst du ? Warum fesselst du mich?

- Um Ihnen zu helfen, ein Universum zu entdecken, von dem Sie nicht einmal wussten, dass es existiert ...

Während Veronica ihre hilflos ans Bett gefesselte Angestellte betrachtete, zog sie den Reißverschluss ihres Kleides herunter und ließ es auf den Teppich fallen. Dann ließ sie die beiden kleinen Klammern los, die ihren Tanga hielten. Sie hielt es an ihr Gesicht und atmete den Duft von Liebessaft und Parfüm ein, bevor sie es ihrer Angestellten unter die Nase hielt.

- Das heißt, Mya. Nimm meinen Duft einer Frau auf, die ihren Tanga nass macht und an dich denkt.

Annie stieß einen kleinen Überraschungsschrei aus, doch schon hatte ihr Chef, der nur ihre tiefen Netzstrümpfe und ihren Schmuck trug, ihr schickes Höschen heruntergezogen. Bevor sie reagieren konnte, hatte ihr letztes Kleidungsstück ihre Knöchel erreicht und lag bald zusammen mit Veronicas Kleid auf dem Boden.

Die stolze und schamlose Bourgeoisie stieß einen heiseren Schrei der Zufriedenheit aus. Der erste Teil ihres Plans war ihr gelungen. „Ihre“ Mya war nackt und nicht mehr in der Lage, sie wegzustoßen.

Sie setzte sich auf die Bettkante und spreizte die breiten Schenkel ihrer Beute. Endlich war sie da, diese Muschi, von der sie schon seit Tagen geträumt hatte. Seine Finger erkundeten das lockige, volle Haar, spreizten die großen Schamlippen und begannen sanft den Schlitz zu streicheln, der zwischen ihnen entstand. Während sie Annies Brüste mit einer Hand massierte, öffnete sie mit der anderen die rosafarbene Muschel etwas weiter.

Sie betrachtete dieses zur Schau gestellte Geschlecht noch lange und freute sich, in diesem opulenten Körper ein echtes Juwel zu finden. Annie, besiegt und benommen von der Wirkung des Champagners, ließ es zu, ohne eine abweisende Bewegung zu zeigen.

Veronica wurde mutiger. Sie öffnete die kleinen Schamlippen, um Annies Klitoris zu lösen. Mit unendlicher Vorsicht fuhr sie mit der Fingerkuppe über den kleinen Knopf, der unter dieser beispiellosen Liebkosung leicht anschwoll.

- Du siehst, Mya, dein Kitzler zeigt, dass er gerne stimuliert wird. Er kann nicht betrügen oder sich selbst belügen ... Gib zu, dass du liebst.
- Oh, Frau Veronica ... Nein, was Sie tun, ist falsch.

Sie hatte einen Anflug von Bescheidenheit und wollte den Zirkel ihrer Schenkel schließen, aber ihr Chef hielt sie davon ab. Also gab sie das Kämpfen auf und ließ sich bewegungslos gehen, in der Hoffnung, dass Veronica schnell aufhören würde. Sie lag falsch. Schwer.

Im Gegenteil, Veronicas Hände wurden eindringlicher und indiskreter. Seine Finger bewegten sich von ihrer Klitoris, die jetzt außerhalb ihrer Scheide aufgerichtet war, am Eingang ihrer Höhle hin und her. Jedes Mal, wenn sie an diesen Ort zurückkehrten, wurden sie dringlicher. Zuerst drücke ich immer mehr gegen ihren Schlitz, so dass er sich leicht öffnet. Zunächst ein wenig, dann tiefer in diese Höhle mit ihren weichen, warmen Wänden versinken.

Annies Atmung wurde flacher und Veronica hoffte nun, sie richtig zum Abspritzen zu bringen. Sie setzte sich rittlings auf sie, setzte sich rittlings auf ihren Kopf und begann erneut, mit der rechten Hand zwischen ihren Beinen zu suchen, während sie sich mit der linken Hand auch selbst streichelte.

Erschrocken entdeckte Annie den Penis ihres Chefs in Nahaufnahme, nur wenige Zentimeter von ihrem Gesicht entfernt. Der Venushügel, geschwollen und glatt. Die großen Schamlippen, aus denen bereits ein paar Tropfen Alkohol perlten. Und Veronicas Hand erschien in seinem Sichtfeld, öffnete ihre Vagina und legte ihre zuckende Klitoris frei, die wie ein winziger Penis aussah. Sie schob zwei Finger langsam mit kleinen Hin- und Herbewegungen in ihren Schlitz. Annie sah, wie sich die Knöchel nach innen und außen bewegten und klarer Liebessaft auf die mit Edelsteinen verzierten Ringe floss.

Sie spürte zwischen ihren Schenkeln die andere Hand ihres Chefs, der ihr Ballett wieder aufnahm. Mit ihrem Daumen rieb sie den kleinen Noppen immer fester, während sie zwei Finger in ihre Muschi schob. Sie begann sie im gleichen Rhythmus hin und her zu bewegen, wie sie mit ihrer linken Hand masturbierte. Veronica spürte erfreut, dass Annie anfing, nass zu werden.

Die arme Frau, so prüde, war von dem Schauspiel vor ihren Augen hypnotisiert. Sie hätte das nie für möglich gehalten. Die Finger ihres Chefs drangen mit einem feuchten Geräusch in ihre Höhle ein und aus. Schneller und schneller. Drei Finger jetzt, und Veronica stieß kleine lustvolle Schreie aus, wie sie sie noch nie zuvor geäußert hatte, nicht einmal in den Armen ihres Mannes.

> Sie war sich kaum bewusst, dass sie auch nass wurde. Ihr Chef durchsuchte ihre Muschi wie ein Verrückter, und plötzlich spürte sie einen Schock in ihrem Magen. Sie wölbte ihren Rücken. Veronica hatte gerade ihren G-Punkt erreicht. Sie geriet in Panik und wurde von Scham überwältigt, als sie merkte, dass sie wider Willen Lust verspürte.

- Also, Mya, siehst du, dass es schön ist?, fragte Veronica, ihre Stimme veränderte sich vor Aufregung. Sag mir nichts anderes!

- Herr! „Nein, Mrs. Veronica“, antwortete Annie und versuchte, ihre Verwirrung zu verbergen. Ich mag es nicht. Es ist schlimm... Es ist schmutzig!

- Reden Sie keinen Unsinn, Mya. Es gibt Dinge, die man nicht verbergen kann, und es gibt Dinge, die man nicht täuschen kann. Hören Sie das Geräusch Ihrer Nässe?

Und ihr Chef schob in einem verrückten Tempo vier ihrer Finger zwischen ihre Schamlippen. Annie konnte dieses Mal ein Stöhnen nicht zurückhalten, wollte aber nicht dem Vergnügen nachgeben, diese schreckliche Sünde der Lust zu begehen. Sie verflucht im Stillen ihren Chef. Madame Veronica konnte nur ein Geschöpf des Teufels sein. Oder der Teufel selbst.

Die Oberschichtsdame hatte keine Rücksicht auf die Skrupel ihrer weisen Angestellten. Sie sah Nicole wieder, die Freundin ihrer Mutter. Sein schwerer Körper, der sie vor dreißig Jahren auch geritten hatte. Annies runder Bauch, der unter ihr eingeklemmt war, ihre gespreizten Schenkel, ihre geweitete Muschi, aus der nun Ströme von Liebessaft flossen, alles erinnerte sie an ihren ersten Liebhaber. Sie wollte das einfach sehen und genießen.

Veronica fingerte sich noch fester und kam. Sie hatte das Gefühl, sie würde gleich explodieren, so heftig war der Orgasmus. Und es spritzte heraus wie eine Fontäne.

Tropfen ihrer Säfte liefen über Annies Gesicht, als sie die Handschellen anzog, um zu versuchen, ihre Handgelenke zu befreien. Vergebens schnitt der Stahl in seine Haut. Aber es gelang ihr, den Orgasmus zu unterdrücken, der sich in ihr aufbaute.

Veronica stand keuchend, ihr nackter Körper glänzte vor Schweiß, auf und betrachtete ihre Angestellte mit einem verächtlichen Blick.

- Also Mya, du lässt dich nicht zum Vergnügen verleiten? Und doch warst du aufgeregt. Ich sah es. Ich glaube nicht, dass wir dabei aufhören werden!

- Frau Veronica, ich bitte Sie, verlassen Sie mich, binden Sie mich los.

- Erst wenn ich von dir bekomme, was ich will...

Veronica stand auf und holte einen langen Doppeldildo aus ihrer Schachtel. Annie starrte mit großen Augen auf die Maschine.

- Aber.... Was wirst du damit machen?

- Ich mache dir Freude, Mya. Vielleicht reichen dir die Hände einer Frau nicht aus. Wissen Sie, Sie haben das Recht, lieber von etwas Längerem und Steiferem penetriert zu werden, das Sie an den Penis eines Mannes erinnert.

- Oh, Frau Veronica!

- Und Sie werden sehen, dieser ist zweifellos langlebiger als die, die Sie kennen!

- Nein, nein... Gott, bitte...

Annie machte eine weitere vage Abwehrbewegung und versuchte ihre Schenkel zu drücken, aber Veronica packte sie an den Knöcheln spreizte und faltete ihre Beine und ließ sich in der Mitte nieder, um si bewegungsunfähig zu machen. Sie beugte sich vor, legte ihre Lippen au ihren Schlitz und öffnete ihre kleinen Lippen mit ihren Fingern.

Sie küsste die kleine rosa Muschel, immer fester. Seine Zung bewegte sich zwischen der freigelegten Öffnung und dem kleinen Knop hin und her, der sich wieder zu heben begann. Sie verweilte daran, leckt daran, lutschte daran, knabberte sanft daran und lutschte daran. Veronica war geduldig und wusste, in welchen Zustand sie Annie versetzen wollte.

Die unglückliche Frau kämpfte in ihrem Kopf und versuchte verzweifelt, ihre Moral und ihre Bescheidenheit zu bewahren und die Wirkung der Liebkosungen ihres Chefs zu ignorieren. Denn es löste in ihr solche Empfindungen aus, dass nach und nach eine reflexartige, tierische Lust aus dem Magen der bescheidenen Haushälterin aufstieg.

Veronica spürte den Geschmack von Liebessaft auf ihrer Zunge, der nun in Hülle und Fülle aus Annies Muschi floss, die sich auf die Lippen biss, um nicht zu stöhnen. Seine Hand wanderte zurück zu den schweren, geschwollenen Brüsten, ergriff ihre Brustwarze, drehte sie, drückte sie, bis sie zwischen ihren Fingern hart wurde und ihre Angestellte einen Schrei wie ein verwundetes Tier ausstieß.

- Du siehst, es gefällt dir, Mya, gib es zu!

- Oh Frau Veronica! Was willst du mir sagen? Ich könnte nie.

- Sag es nicht, es spielt keine Rolle. Ihr ganzer Körper drückt es für Sie aus. Und es ist noch nicht vorbei....

- Oooooh!

Veronica rieb die Spitze des Dildos an dem halboffenen Schlitz und bedeckte ihn mit Feuchtigkeit und Speichel. Sie fing an, ihn zwischen die kleinen Schamlippen zu schieben.

Tränen liefen über Annies Wangen, als sie spürte, wie das Sexspielzeug in sie eindrang. Seine Prüde hielt ihn davon ab, es sich einzugestehen, aber der Kontakt mit diesem Silikonstab war angenehm. Die Oberfläche der Maschine war geschmeidig, samtig. Veronica bewegte den Dildo, drehte ihn, bewegte ihn hin und her, drückte ihn immer tiefer, aber es war vor allem die Reibung des Spielzeugs am Eingang ihrer Höhle, die bei ihr eine Art „Kettenreaktion" auslöste. .

Veronica wartete, bis Annies Atem schneller wurde, was eine unwillkürliche Erregung verriet. Dieses Mal versuchte sie nicht, ihn dazu zu bringen, seine Freude laut zu gestehen, sondern arbeitete lieber weiter an ihr, bis kleine Beschwerden seinen Zustand verrieten.

Dann stoppte sie die Bewegungen des Dildos und ließ ihn in der offenen Höhle vergraben. Sie hob ihre Beine, setzte sich ihr gegenüber auf das Bett und präsentierte sich in einer Scherenposition, wobei ihre beiden Schamhaare einander zugewandt waren. Sie ergriff das freie Ende des Dildos, führte ihn zu ihrem Schlitz und spießte sich darauf auf, wobei sie einen heiseren Schrei ausstieß.

- Schau dir Mya an. Ansehen ! In was für einen Zustand hast du mich versetzt! Meine Muschi leckt genauso stark wie deine. Ich werde dich wie eine große Schlampe ficken und du wirst mich gleichzeitig ficken.

- Heilige Jungfrau !! Das ist nicht möglich... Hören Sie auf, Frau Veronica, um Himmels willen!

- Der Himmel hat nichts damit zu tun, Mya. Hör einfach auf deine Muschi.

- Nein... nein... oooooh

Veronica drückte mit aller Kraft ihrer Lenden, um den Dildo in ihrer Höhle verschwinden zu lassen, und sie hörte erst auf, als sich ihre beiden Hügel berührten. Dann begann sie, ihre Hüften zu bewegen und ihr Gesäß hin und her zu schwingen. Sie bewegte die Silikon-Olisbos in ihrer Muschi hin und her, aber diese Bewegungen spiegelten sich in Annies wider.

Sie versuchte immer noch, ihre Aufregung immer schwächer zu unterdrücken. Gewiss, die Scham überwältigte sie immer noch, und das sogar noch mehr, aber sie war nicht mehr in der Lage, die Schauer der Lust zu unterdrücken, die sie durchströmten. Sie versuchte aufzustehen, doch die Handschellen hinderten sie daran. Sie schaffte es immer noch, den Kopf zu heben, und sie sah, wie ihr Chef nackt und wild auf den Dildo losging, als wollte er ihre Muschi zum Explodieren bringen.

Diese Fahrt schien niemals zu enden. Nach mehreren langen Minuten begann Veronica vor Vergnügen zu schreien, gelähmt von einem heftigen Orgasmus. Aber sie hörte nicht auf. Plötzlich gab Annie, besiegt, nach und kam ebenfalls. Für ein paar Sekunden vergaß sie all ihre Überzeugungen und wurde von einem Vergnügen mitgerissen, das sie nie gespürt hatte.

Ihre Chefin spießte sich immer noch mit genauso viel Wut auf das Sexspielzeug auf, und es gelang ihr, einen neuen Orgasmus zu erreichen, der noch verheerender war als der vorherige, und sie fiel erschöpft auf das Bett.

Annie blieb bewegungslos, fast bewusstlos, und die verheerenden Auswirkungen dieses verrückten Koitus verstärkten die Wirkung des Champagners.

Veronica erholte sich ziemlich schnell. Sie richtete sich auf, um das Sexspielzeug freizugeben, das sie sanft aus der Muschi ihrer Mitarbeiterin entfernte. Sie stöhnte leise, als sie spürte, wie der Dildo zwischen ihre kleinen Lippen glitt, und ihr Chef ließ ihre Handgelenke los.

Trotzdem lag Annie immer noch benommen da. Veronica streichelte genüsslich ihren vollbusigen Körper. Sie hatte das Gefühl, Nicole, die Freundin ihrer Mutter, gefunden zu haben.

Nach langer Zeit bat Annie darum, nach Hause gehen zu dürfen. Veronica half ihr beim Aufstehen und Anziehen, bevor sie auch ihr Kleid wieder anzog. Dann stützte sie sie, damit sie die Treppe hinuntergehen und ins Auto einsteigen konnte.

Ein paar Minuten später parkte Veronica ihren Mercedes vor Annies Häuschen und musste ihr erneut helfen, die Haustür zu erreichen.

- Komm morgen nicht zu mir nach Hause, Mya. Da wird der Gärtner sein. Aber ich zähle unbedingt auf Sie am Mittwoch um 15 Uhr.

- Nun, Frau Veronica. Danke, dass du mich nach Hause begleitet hast.

- Gute Nacht, Mya.

- Dir auch eine gute Nacht.

Annie taumelte nach Hause und fiel, ohne sich auszuziehen, auf ihr Bett.

KAPITEL 3

Annie fiel sofort in einen tiefen Schlaf, der von Albträumen erfüllt war. Es war ein sehr früher Start am Dienstagmorgen und sie konnte kaum erkennen, wo sie war und was passiert war, als der Wecker klingelte.

Sie litt unter schrecklichen Kopfschmerzen und fragte sich, ob das, was sie in der Nacht zuvor erlebt hatte, nicht Teil ihrer Albträume war. Aber ihr teigiger Mund, ihr Penis blieben empfindlich, und die Tatsache, dass sie sich vor dem Zubettgehen nicht ausgezogen hatte, bestätigte ihm, dass alles echt gewesen war.

Sie versuchte aufzustehen, aber alles drehte sich. Und sie überkam einen Anfall von Tränen, als sie daran dachte, was mit ihrem Chef passiert war, auch wenn der Champagner ihre Erinnerungen verschwommen machte.

Sie war nicht in der Lage, zur Arbeit zu gehen, und rief ihren Arbeitgeber an, um ihr mitzuteilen, dass es ihr nicht gut gehe. Da Annie immer ein tadelloses berufliches Gewissen hat, stellte ihr Vorgesetzter ihr keine weiteren Fragen.

Gegen 10 Uhr gelang es ihr aufzustehen. Sie zog ihre Kleidung vom Vortag aus und bereute es, sich für einen solchen Abend schick gemacht zu haben. Sie duschte und schrubbte sich kräftig, als wollte sie ihren Körper von Sünden reinigen. Währenddessen überlegte sie, was sie tun sollte.

„So kann ich nicht weitermachen. Was Madame Veronica mir letzte Nacht angetan hat ... Bei der Jungfrau Maria, ich schäme mich zu sehr ... Und wie soll ich das Pater Dubois am Samstag bei der Beichte beichten? Außerdem hatte ich trotz allem Spaß... Was wird er von mir denken? Ich muss nicht dorthin zurück. Wenn ich ihm sage, dass ich zurückgetreten bin, könnte ich ihm beweisen, dass ich kein bösartiger Mensch bin..."

Seine Entscheidung war gefallen. Sie zog sich an, nahm ihr Telefon und wählte die Nummer ihres Chefs.

- Hallo, Frau Veronica? Es ist Mya...

- Ja, Mya. Was ist es ?

Der bloße Klang der Stimme der hochmütigen und herrschsüchtigen Frau aus der Mittelschicht bereitete ihr Unbehagen ...

ALS VERONICA AM DIENSTAGMORGEN aufwachte, dachte sie an ihren Abend am Vortag mit Annie. Es fiel ihr schwer, ihre prüde Mitarbeiterin in die Irre zu führen, aber sie hatte das Gefühl, auf dem richtigen Weg zu sein.

Sie verdrängte die Erinnerung und konzentrierte sich auf das, was sie heute geplant hatte.

Am Ende des Vormittags sollte Kevin, sein Gärtner, eintreffen. Sie hatte ihn ein paar Wochen zuvor eingestellt, verführt vom Körperbau dieses gutaussehenden, stämmigen 27-jährigen Mischlings. Und im Gegensatz zu Annie hatte er sich nicht lange gegen die Annäherungsversuche seines Chefs gewehrt, der ebenfalls so großzügig zu sein wusste.

Veronica nahm ihre Rolle als Puma voll und ganz wahr und schätzte die Männlichkeit ihres Gärtners, eines sehr gut bestückten und nahezu unerschöpflichen Liebhabers. Er hatte ihr üppige Orgasmen beschert und sie hoffte, heute noch mehrmals zu kommen.

Kurz bevor Kevin ankam, klingelte sein Telefon ... Es war Mya, die ihm mit leerer Stimme verkündete:

- Frau Veronica... ich sage Ihnen das nur ungern, aber ich werde nicht mehr zu Ihnen nach Hause kommen.

- Was erzählst du mir, Mya? Glaubst du, ich bezahle dir nicht genug?

- Oh nein, gnädige Frau! Andererseits.... Aber was du mir antust... Ich weiß nicht, wie ich das sagen soll... Besonders letzte Nacht... Ich konnte heute Morgen nicht zur Arbeit gehen, weil es mir so schlecht ging.

- Komm schon, Mya. Hab dich zusammengerissen! Es ist nur so, dass Sie nicht bereit sind, Ihre Sexualität anzunehmen. Es geht darum, ein paar Tage alleine zu verbringen, wir beide.

Veronica versuchte, so höflich wie möglich zu sein und die in ihr aufsteigende Wut einzudämmen. Sie war es nicht gewohnt, Widerstand zu leisten! Aber Annie bestand darauf.

- Nein, nein, Frau Veronica. Ich möchte nicht noch einmal schmutzige Dinge wie letzte Nacht tun. Verlassen Sie sich nicht mehr auf mich. Ich möchte nicht länger Ihre Haushälterin sein, ich trete zurück.

Sein Chef versuchte nicht mehr, Freundlichkeit vorzutäuschen. Vor allem, da sie sich vorgestellt hatte, was sie tun würde, um diesen widerspenstigen Diener zu unterwerfen.

- Hör mir gut zu, Mya. Auf keinen Fall wirst du mich so verlassen. Ich schicke dir etwas, das dich zum Nachdenken anregt. Überprüfen Sie heute Nachmittag Ihren Briefkasten und rufen Sie mich zurück, wenn Sie einen großen Umschlag finden.

Sie legte wütend auf. Sie holte ihre Digitalkamera heraus, holte die Speicherkarte heraus, steckte sie in ihren Computer und machte mehrere Ausdrucke, die sie in einen Umschlag steckte.

Ein paar Augenblicke später kam Kevin, der Gärtner, und Veronica spürte, wie sie dahinschmolz, als sie den hübschen Mischlingskörper in engen Jeans und einem T-Shirt bewunderte.

- Bevor Sie beginnen, sagte sie ihm, werden Sie diesen Umschlag an die darauf angegebene Adresse bringen. Und komm schnell zurück, fügt sie hinzu und lächelt wie ein Teenager.

ANNIE ÜBERWACHTE BESORGT vom frühen Nachmittag an ihren Briefkasten. Und als sie hörte, wie ein Parkplatz vor ihrem Haus parkte und ging, entdeckte sie einen großen Manila-Umschlag mit ihrem Namen und ihrer Adresse. Kein Stempel, keine Angabe des Absenders, aber sie wusste, von wem es kam.

Sie kehrte nach Hause zurück und riss mit klopfendem Herzen den Umschlag auf. Als sie den Inhalt sah, hatte sie das Gefühl, ohnmächtig zu werden und musste sich setzen.

Es gab eine ganze Reihe von Fotos – Farbvergrößerungen –, die am Abend des Vortages aufgenommen wurden. In jedem von ihnen erschien sie gefesselt auf dem Bett ihres Chefs. Sie war bei allen nackt, bis auf die erste, bei der sie noch ihr Playtex-Höschen trug. Während Annie durch die Fotos scrollte, wurden sie immer belastender. Wir sahen, wie sie von Veronica gefingert und mit einem Dildo versehen wurde. Und das Schlimmste war, dass es zwei Nahaufnahmen von ihrem Gesicht gab, deren Gesichtsausdruck keinen Zweifel ließ: Sie kam gerade, als sie aufgenommen wurden!

Sie blieb fast eine Stunde lang fassungslos. Sie erinnerte sich noch gut an den Moment, als Veronica ihre Kamera hervorholte und ein paar Bilder machte, aber sie hätte nicht gedacht, dass es so viele werden würden. Und plötzlich kam ihm eine Frage in den Sinn, die ihn entsetzt aufschreien ließ: Was hatte sein Chef mit diesen Fotos vor?

Nachdem sie am Ende ihres Tisches liegen geblieben war, beschloss sie, Veronica wie befohlen zurückzurufen.

- „Mrs. Veronica?", sagte sie mit kaum hörbarer Stimme, als sie ihren Chef am Telefon hörte.

- „Ah, Mya", antwortete sie fröhlich. Hast du meinen Umschlag gefunden?

- Ja. Mein Gott, warum hast du mir diese Fotos geschickt?

- Hast du keine Idee?

- Nein...

Veronica machte das Warten mit sadistischer Freude zum Schluss.

Sie hatte gerade mit Kevin geschlafen, auf dem Bett, wo sie Annie den schlimmsten Verbrechen ausgesetzt hatte. Sie war nackt und ihre Finger bewegten sich entlang des Schwanzes des Gärtners hin und her, der wieder hart wurde.

- Stellen Sie sich vor, der Leiter des Vereins, der Sie beschäftigt, erhält sie ...

- Nein, Frau Veronica! Oh nein, ich flehe dich an!!

- Und Pater Dubois könnte sie auch empfangen ... und vielleicht auch Mitglieder des Gemeinderats.

- Oh je. Du willst mich vor Scham sterben lassen!

- Aber nein, Mya. Diese Fotos bleiben bei mir, solange Sie in meinen Diensten bleiben.

- Frau Veronica, bitte. Ich werde nicht zurücktreten, ich bitte um Verzeihung.

- Das ist gut, Mya. Aber wenn ich sage: Bleiben Sie zu meinen Diensten ... Verstehen Sie, was ich meine?

- Was Sie tun, ist falsch. Und was ich auch tue... Aber ich habe keine Wahl, möge der Herr mir vergeben.

- GUT. Ich warte also wie vereinbart morgen um 15 Uhr auf dich, Mya.

- „Ich werde kommen, Frau Veronica", antwortete Annie, die kapitulierte.

Annie legte den Hörer auf und blieb lange Zeit am Ende ihres Tisches liegen.

DIE NÄCHSTE NACHT WAR schrecklich für sie. Fast schlimmer als der letzte. Sie wachte jede Stunde mitten in einem Albtraum auf und war schweißgebadet.

An diesem Mittwochmorgen fiel es ihr auch schwer, ein paar Worte mit den älteren Menschen zu wechseln, mit denen sie zusammenarbeitete und die normalerweise den Kontakt zu diesen Frauen, die unter ihrer Einsamkeit leiden, so sehr genossen. Und sie schaffte es kaum, ihr Mittagessen herunterzuschlucken.

Die schicksalhafte Stunde nahte.

Sie konnte nicht aufhören, an ihre Chefin zu denken und fragte sich, wie sie sie willkommen heißen würde. Und welche Einstellung konnte sie selbst haben, als sie nach dem Vorfall und der Erpressung, deren Opfer sie geworden war, zur Arbeit zu Hause zurückkehrte?

Der Weg zu dem großen Grundstück kam mir noch länger vor als sonst. Ihr Kopf war leer und ihre Beine hatten Mühe, sie zu tragen. Schließlich befand sie sich vor dem hohen Tor und drückte den Knopf am Bildtelefon.

- „Es ist Mya, Mrs. Veronica", sagte sie, um sich anzumelden, als sie das Klicken hörte, das darauf hinwies, dass ihr Chef sie ansah.
- Du bist pünktlich, es ist gut, Mya. Ich sehe, dass du gehorsam bist....

Die Tür öffnete sich und sie trottete zur Villa. Die Tür stand offen, aber es klingelte trotzdem.

- Betreten Sie Mya!
- „Hallo Frau Veronica", sagte Annie mit schwacher Stimme und gesenktem Blick.
- Hallo Mya. Es ist gut, dass Sie sich entschieden haben, zurückzukommen.
- „Ja, aber das liegt daran, dass du mich gezwungen hast", antwortete sie. Vor allem, um sein Gewissen zu beruhigen.
- Ich weiß. Ich bedauere, dass ich dazu kommen musste. Das dachte ich nicht, denn ich war immer nett zu dir. Aber es hatte keinen Zweck, also werde ich von nun an weniger nett sein.

Annie spürte, wie sich die Angst in ihr verdoppelte. Gut benannt.

- „Sie beginnen damit, die Fliesen in der Küche und im Wohnzimmer zu reinigen", fuhr sein Chef mit strenger Miene fort.
- Nun, Frau Veronica.

Annie ging in die Küche, holte Bürste und Mopp heraus und füllte einen Eimer mit heißem Wasser aus dem Wasserhahn. Ihr Chef folgte ihr.

- Ich habe es dir noch nicht gesagt, Mya, aber du wirst dich zur Arbeit ausziehen.

- Entfernen... Ich verstehe nicht, antwortete sie, nachdem sie einige Sekunden lang sprachlos war.

- Es ist jedoch einfach. Du ziehst dich komplett aus. Ich möchte sehen, wie du diese Fliesen nackt schrubbst. Nackt, wenn Ihnen dieses Wort lieber ist.

- Ach du lieber Gott !! Nein...

- Möchten Sie, dass ich die Fotos teile, die ich Ihnen gesendet habe? Und ich möchte, dass Sie auch wissen, dass ich ein Video habe, das ich ins Internet stellen könnte?

- Herr!! Was habe ich getan ? Was passiert mit mir ?

- Hängen Sie Ihre Kleidung an die Garderobe im Flur. Und zieh auch deine Sandalen aus. Ich möchte, dass du nackt wie ein Wurm bist.

Besiegt begab sie sich in den Vorraum, während ihr Chef sie nicht aus den Augen verlor. Sie knöpfte ihr Blusenkleid auf und zog es aus Habe ihren BH ausgehängt. Sie zog die Strumpfhose aus, die sie trotz der Hitze angezogen hatte, und dann ihr Höschen. Sie ließ ihre Sandalen stehen und kehrte mit langsamen Schritten in die Küche zurück, wobei sie versuchte, ihre Brüste und ihr Haar mit den Händen zu verbergen.

Doch um arbeiten zu können, war sie gezwungen, auf die Tarnung zu verzichten. Sie schnappte sich den Mopp, tauchte ihn in den Eimer und begann, den Bürgersteig zu schrubben. Veronica, gekleidet in ein kurzes leichtes Sommerkleid, genoss das Spektakel und ihren Sieg.

Für ihren Chef war es eine Freude, diesen vollschlanken Körper bei der Arbeit mit dem Pinsel zu betrachten. Die vollen, schweren Brüste schwankten im Rhythmus ihrer Bewegungen. Sie beugte sich leicht nach vorne und ihr Gesäß wirkte noch fleischiger. Ihre Schenkel rieben leicht aneinander, wenn sie sich bewegte, und Veronica stellte sich den Moment vor, in dem sie sich für sie öffnen würden, um ihren Angriffen die rosa Hülle zu bieten, die sie quälen würde.

Für Annie war es eine echte Folter. Sie konnte sich keinen Moment vorstellen, wie erotisch das Spektakel dieser unpassenden Nacktheit für ihren Chef sein würde. Ihre Schamhaftigkeit wurde verletzt, da sie sich während der Arbeit nicht verstecken konnte und sie fühlte sich genauso beschämt und gedemütigt wie an diesem verfluchten Geburtstagsabend.

Als sie mit dem Waschen des Küchenbodens fertig war, ging sie in das große Wohnzimmer, und Veronica befahl ihr, ihre Aufgabe fortzusetzen, während sie sich selbst umziehen ging.

Sie war ein wenig erleichtert, nicht länger im Fokus ihres Chefs zu stehen. Es dauerte eine Weile, bis es zurückkam, aber als es wieder auftauchte, weiteten sich Annies Augen.

Ihr Chef trug ein schwarzes Lederbustier, das ihre ohnehin schon dünne Taille enger machte. Es betonte ihre birnenförmigen Brüste, ohne sie zu bedecken, und die hervorstehenden Spitzen traten stolz hervor. Unten hatte Veronica einen winzigen Stringtanga getragen, ebenfalls aus schwarzem Leder. Und sie saß auf unglaublich hohen Plateauschuhen und wurde von Riemen um ihre Knöchel gehalten. Damit überragte sie ihre Mitarbeiterin um mehr als einen Kopf.

Annie nahm ihre Arbeit wortlos wieder auf, während Veronica auf einem Sessel saß und ihr dabei zusah, wie sie diskret ihren Penis streichelte. Dann, als ihr Angestellter mit dem Waschen des Bodens fertig war, ging sie auf die Terrasse und befahl ihm in scharfem Ton:

- Mya, da du fertig bist, bereitest du mir einen Tee zu und bringst ihn mir auf die Terrasse.

- Ja, Frau Veronica. Du willst aber nicht, dass ich dich so draußen bewirte?

- So, meinst du nackt? Natürlich ja!

Und die große Dame aus der Mittelklasse kam heraus, beäugte sie und setzte sich auf eine Chaiselongue.

Unterwürfig erhitzte Annie das Wasser und bereitete den Tee zu. Sie fürchtete sich vor dem Moment, in dem sie sich draußen in ihrem Eve-Outfit wiederfinden würde. Das war ihm noch nie passiert...

Glücklicherweise war die Terrasse außer Sicht, denn ihr Chef bestand darauf, dass sie bei ihr blieb. Zu ihrer großen Überraschung fühlte sie sich weniger verlegen als befürchtet und verspürte eine Art Vergnügen, die Liebkosung der Sonne auf ihrer Haut zu empfangen. Was in ihr ein neues Gefühl von Scham und Schuld weckte. Sie war tief in Gedanken versunken, als Veronica sie mit einem kurzen Befehl aus ihren Träumereien riss.

- Geh in mein Zimmer und hol mir die Kiste, die in der Schublade meines Nachttisches ist. Komm, wach auf, Mya!

Als sie in die Villa zurückkehrte, folgte ihr ihr Chef mit ihrem Blick und fuhr sich mit gieriger Miene mit der Zunge über die Lippen. Sie verschlang mit ihren Augen seinen vom Schweiß glänzenden nackten Körper, sein rundes Gesäß, das sich im Rhythmus seiner Schritte bewegte, die Bewegungen seiner starken Schenkel ...

Ansonsten zog sie es jedoch vor, ins Wohnzimmer zu gehen.

Als Annie ihr die Schachtel reichte, nahm sie sie und starrte sie an, um ihre Reaktion nicht zu verpassen. Sie hob den Deckel und hielt inne

Darin befand sich ein Satz Lederriemen, deren Zweck Annie nicht erahnte. Und ein riesiger schwarzer Dildo. Sie wurde scharlachrot, als sie es sah und als ihr Chef es aus der Schachtel nahm.

- „Hast du so etwas schon einmal gesehen, meine kleine Mya?“, fragte Veronica sie in einem süßen Ton.

- Oh nein, Frau Veronica. Gott bewahre es, niemals!

- Sie wissen also nicht, welche Freude er einer Frau bereiten kann. Willst du es nicht herausfinden?

- Oh Gott! NEIN !

- Bevor Sie Nein sagen, schauen Sie sich das Gute an ...

Veronica hatte diesen monströsen Vinyldildo online gekauft, einen der größten, die auf dieser spezialisierten Website verkauft wurden. Ungefähr dreißig Zentimeter lang, ein Durchmesser von mehr als sechs Zentimetern... Die imposante, gekrönte Eichel war auffallend realistisch. Ebenso der lange Schaft mit seinen sichtbaren Adern. Es sah aus, als wäre dieses Sexspielzeug direkt auf den Schwanz eines Schwarzen geformt worden, der wie ein Hengst geritten wurde.

Die perverse Bourgeoisie streichelte langsam mit gierigem Gesichtsausdruck den Dildo und berührte ihn mit ihren Fingerspitzen über die gesamte Länge.

- Nimm die Mya...
- Oh nein, Frau Veronica, das kann ich nicht!
- Hab keine Angst, du kannst ihn anfassen, er beißt nicht.

Und dann ist es ein Befehl!

Annie nahm den Dildo mit zitternder Hand. Der Kontakt war angenehmer, als sie es sich hätte vorstellen können. Die Textur des Vinyls imitierte perfekt die Weichheit menschlicher Haut, kombiniert mit der Steifheit eines erigierten Phallus.

- Streichle es, Mya. Sie werden sehen, wie spannend es ist.

Verführt dich dieser Schwanz nicht?

- Aber nein, Frau Veronica!

- Sag mir nicht, dass du nicht in deine Muschi gefickt werden willst! Sie müssen es verpassen... - Nein, das versichere ich Ihnen.

- Warte, schau...

Mit einer schnellen Bewegung löste Veronica die kleinen Haken, die ihren Tanga hielten. Sie legte ihre Beine auf die Armlehnen des großen Sessels und öffnete ihre kleinen Lippen. Sie schloss die Augen und rieb den Dildo an ihrem Schlitz, wobei sie abwechselnd die feuchte Öffnung, die offen stand, und ihren kleinen Knopf, der aus seiner Hülle sprang, wechselte. Dann, nachdem sie sich einen Moment lang so gestreichelt hatte, drückte sie auf den Dildo und schob die Eichel in ihre Höhle.

Sie ging nicht weiter und begnügte sich mit kleinen Hin- und Herbewegungen und rotierenden Bewegungen des Sexspielzeugs, auf dem nun ihr Liebessaft floss. Sie starrte Annie weiterhin an, die von dem Riesendildo fasziniert zu sein schien, und zog die Lederriemen heraus.

- Haben Sie eine Idee, wofür das verwendet werden könnte?
sie fragte Annie.

- Nein, antwortete sie unverblümt.

- Ich zeige es dir, Mya...

Veronica stand auf und steckte den Dildo in ein passendes Loch zwischen den Riemen. Dann faltete sie das Ganze auseinander und befestigte es um ihre Taille. Der riesige Penis stand im Schritt ihrer Schenkel und ließ sie wie einen aufrechten Mann aussehen, der wie ein Stier reitet, wie wir ihn auf griechischen Vasen sehen.

- Du wusstest nicht, was ein Umschnalldildo ist? sie fragte Annie.
- „Nein, Frau Veronica“, flüsterte sie.
- Deshalb zeige ich Ihnen, wie Sie es verwenden.

Komm schon, Mya.

Veronica schob Annie fassungslos zum großen Tisch im Wohnzimmer und lehnte ihr Gesäß gegen das Tablett. Sie hob ihre Schenkel, neigte ihren Rücken und spreizte sie. Annie stützte sich panisch auf ihre Arme.

- Frau Veronica! Aber was machst du ?

- Ich werde dafür sorgen, dass du dich gut fühlst, mein Schatz. Am Anfang wird es schwierig sein, aber danach werden Sie mehr verlangen!

- Nein, nein... Oh mein Gott, stöhnte sie und konnte sich nicht vorstellen, was sie erwartete.

Ihr Chef hob ihre Beine noch höher und drückte sie mit den Armen fest. Annie hätte nie gedacht, dass sie eine solche Kraft hatte, die sich durch Aufregung verzehnfachte. Sie fiel auf den Tisch, konnte nicht aufstehen und blieb auf dem Rücken liegen.

Veronica betrachtete das üppige dunkle Vlies, die daraus hervortretenden Lippen, die sich aufgrund der Stellung der Haushälterin öffneten. Ohne loszulassen, spreizte sie ihre kleinen Lippen noch weiter, enthüllte ihren rosafarbenen Schlitz und spuckte, um ihn zu schmieren. Dann näherte sie sich der riesigen schwarzen Vinyl-Eichel, die immer noch vor Nässe glänzte.

Annie hob den Kopf und sah den monströsen Phallus, der bereit war, sie zu durchbohren. Sie begann zu schreien.

- Oh schade, Frau Veronica, das nicht! Oooh, heilige Jungfrau, beschütze mich! NEIN ! NEIN ! Du wirst mich zerreißen!!

- Halt den Mund, Mya. Den Mund halten ! Du weißt nichts darüber ... Ich werde dich zum Abspritzen bringen, wie du noch nie zuvor gekommen bist ... Ich werde dich zu einer Schlampe machen. Sie werden es am Ende lieben und für mehr zurückkommen!

- Nein, nein!...Oooooooooooh!

Veronica hatte einen Moment lang die Eichel zwischen Annies kleinen Lippen gerieben, an ihrem Kitzler, der sich, ohne dass sie es merkte, aus seiner Scheide löste, und drückte ihn nun gegen ihren Schlitz. Stärker und stärker. Sie drückte mit kleinen Stößen, um ihn in Annies Geschlecht zu schieben.

Nach und nach öffnete sich ihre Vagina, doch der ebenholzfarbene Schwanz hatte Mühe, seinen Platz zu finden. Annie verdeckte ihr Gesicht mit ihren Händen und stöhnte. Sie fühlte sich, als würde ihr ganzer Körper auf seinen Schwanz reduziert werden, bereit zu explodieren. Und plötzlich gelang es der Eichel, sich den Weg zu erzwingen und entlockte ihm einen Schmerzens- und Schamschrei.

Veronica drückte weiter und die Eichel verschwand schließlich vollständig zwischen den Schamlippen ihrer Mitarbeiterin. Sein Chef ließ ihm keine Ruhe. Sie verlangsamte ihre Stöße kaum und ließ den langen und imposanten Schaft langsam einsinken.

Annies Schreie verwandelten sich in abgehacktes Keuchen. Sie hatte das Gefühl, dass ihre Muschi platzen würde – sie war kurz davor – und sie spürte, wie der riesige Stab sie allmählich füllte.

Als der gesamte Dildo in Annies Fotze vergraben war, hielt Veronica schließlich inne. Sie bewegte sich weiter, aber fast unmerklich, so dass die engen Wände ihrer Höhle der Maschine Platz boten und sich entspannten.

Für Annie schien das, was wie Folter schien, endlos zu sein. Wenn das Schmerzgefühl etwas nachließ, kehrte das Gefühl von Scham und Schuld mit aller Macht zurück, nachdem sie es nun geschafft hatte, den gesamten Umschnalldildo in ihre Muschi zu bekommen. "Wie kam ich hier hin? » fragte sie sich. „Warum bin ich nicht bei den ersten unangemessenen Gesten von Frau Veronica weggelaufen? ". Sie konnte keine Antwort finden und das eindringliche Bild des Priesters im Beichtstuhl verfolgte sie.

Veronica ließ sie nicht länger nachdenken. Sie zog den langen Stab langsam heraus, aber nur teilweise, und schob ihn unter sanften Hüftbewegungen erneut in die maximal geweitete Muschi. Annie stieß einen langen Schrei aus, aber anstatt sie zu beruhigen und zu beruhigen, schien dieser Schrei ihren Chef mehr zu erregen.

Sie begann, den riesigen Priapus hin und her zu bewegen, wobei sie das Tempo allmählich beschleunigte. Annies Schreie wurden zu Geheul, während ihre Brüste und ihr Bauch im Rhythmus dieses schrecklichen Koitus zitterten.

- Komm schon, Mya! Gib zu, dass du noch nie von einem Schwanz dieser Größe gebumst wurdest! Fühlst du es?

Komm schon, antworte, Schlampe!

Aber Annie war nicht in der Lage zu reagieren, am Boden zerstört von dem Leid und der Demütigung.

- Du sagst nichts ? fügte Veronica zu ihrer Freude hinzu. Warten Sie, Sie werden sehen, wann Sie sich nicht mehr vom Abspritzen zurückhalten können.

Sie beschleunigte die Hin- und Herbewegung des Riesendildos noch weiter. Jetzt holte sie fast alles heraus, bevor sie es mit einem großen Stoß ihrer Nieren in Annies arme Muschi pflanzte und ihr jedes Mal einen neuen scharfen Schrei entlockte.

Die Empfindungen, die in Veronicas Rücken und zwischen ihren Schenkeln aufkamen, das unruhige Vergnügen, das ihr der Anblick ihres prüden Angestellten bereitete, zerschmettert und geschlagen von diesem außergewöhnlichen schwarzen Schwanz, die Erinnerung an Nicole, die Freundin ihrer Mutter, die sie besessen hatte , als Teenager, mit einem Umschnalldildo... Sie spürte, wie der Orgasmus kam... Und sie wurde von einer Welle der Lust mitgerissen und schrie ihrerseits ebenfalls.

Dieser Moment des Vergnügens hatte sie nicht befriedigt. Nach einer kurzen Pause fing sie wieder an, Annie mit noch mehr Kraft zu ficken.

Als die unermüdlichen Eicheln wieder begannen, sie wütend zu bearbeiten, glaubte sie, ohnmächtig zu werden. Sie konnte nicht mehr schreien. Nur um zu stöhnen, immer schwächer.

Dann ließen die Schmerzen allmählich nach und zu ihrer Schande stellte sie fest, dass sie nass wurde. Sie wusste nicht, wie lange es her war. Doch die Bewegungen des Dildos wurden nun von einem feuchten Geräusch begleitet, einer Mischung aus Lecken und Saugen. Dieser Wandel blieb nicht unbemerkt

Veronika!

- Du siehst Mya, es fängt an, es zu mögen... Du bist nass!!

- Nein, nein, Frau Veronica. „Das ist nicht möglich", beklagte Annie, die sich nicht einmal selbst geschlagen geben konnte.

- Wenn es möglich ist ! Und Sie werden es genießen! Und Sie werden mehr verlangen...

Und sie wurde wild. Annie war nun gezwungen, sich am Tisch festzuhalten, um nicht zu fallen. Sie spürte, wie die Lust unaufhaltsam gegen ihren Willen zunahm. Das Kommen und Gehen des Dildos löste in ihr eine wilde Erregung aus, die sie nicht kannte. Das Bild eines großen schwarzen Mannes, der seine pralle Eichel in ihre Muschi schob, kam ihr in den Sinn, und sie wurde sich der Freude bewusst, die ihr die Reibung des steifen Stabes an ihren kleinen Lippen und an den Türen ihrer Höhle bereitete.

Sie war am Boden, überrascht von der Heftigkeit des Orgasmus, der sie fast das Bewusstsein verlieren ließ. Es war so stark, dass in seinem Kopf kein Platz mehr für Scham oder Reue war. Sie genoss es wie nie zuvor.

- Sehen Sie, Mya, ich hatte recht, nicht wahr? fragte Veronica ihn triumphierend und unterbrach ihre Angriffe.

- Oh, Frau Veronica, wenn Sie nur wüssten, wie schuldig ich mich fühle ... Mein Gott, wozu haben Sie mich gezwungen?

- „Du solltest keine Reue haben", sagte ihm sein Chef und begann wieder, den Dildo zu bewegen.

- Was machst du noch? Nein, Frau Veronica, ich will nicht... ich will nicht mehr.

Veronica hatte nur Augen für den Körper ihrer unterwürfigen Angestellten, für ihre vor Lust geschwollenen und verhärteten Brüste, die sich zeigten, für den Ausdruck, den die Lust auf ihrem Gesicht hinterlassen hatte. Und das wollte sie wieder zum Leben erwecken. Annies Brust und Bauch bewegten sich erneut im Rhythmus der Angriffe des dunklen Dildos, der in ihrer Haarhöhle verschwand und wieder auftauchte.

Ihr Chef wurde wiederbelebt, auf der Suche nach neuen Orgasmen, sowohl für sie als auch für ihre arme Haushälterin. Ihre Stöße waren noch nie so heftig gewesen und dieses Mal wollte Annie sie nicht mehr wegstoßen. Der zu große Dildo tat ihm genauso weh, wie er Wellen unruhigen Vergnügens in seinem Magen hervorrief.

Plötzlich hatte sie das Gefühl, als würde ein Damm nachgeben und einer Sexualität freien Lauf lassen, von der sie nicht einmal wusste, dass sie existiert. Ohne nachzudenken schlang sie ihre Beine um Veronicas Taille, als wollte sie ihn ermutigen, in sie einzudringen. Diese Geste stimulierte sie, wie es eine Peitsche getan hätte.

Veronica musste Annies Schenkel nicht mehr blockieren, um sie auf dem Tisch zu halten, und ihre befreiten Hände ruhten auf ihren üppigen Brüsten. Sie nahm die Brustwarzen zwischen ihre Finger. Sie kniff sie, verdrehte sie und löste bei Annie Beschwerden aus.

> Seltsamerweise war Annie von diesem Schmerz erregt, anders als an diesem denkwürdigen Geburtstagsabend. Ihre Beschwerden verwandelten sich in lustvolles Stöhnen. Veronica täuschte sich nicht und begann auch, in ihre Klitoris zu kneifen.

Es war zu viel. Annie spürte, wie ein neuer Orgasmus kam, noch stärker als der letzte. Sie krümmte ihren Rücken so weit sie konnte und versuchte, den schicksalhaften Moment hinauszuzögern.

Veronica war in der gleichen Verfassung wie sie und steckte ihre letzte Kraft in etwas, das wie ein Kampf aussah. Sie genoss es, oder besser gesagt, sie erlag aufeinanderfolgenden Orgasmen.

Diesmal ergab sich Annie völlig. Sie versuchte nicht länger, sich zurückzuhalten und ließ ihren Trieben als läufige Hündin zum ersten Mal in ihrem Leben freien Lauf. Sie kam auch, krümmte sich vor Vergnügen auf dem Tisch und spürte, wie nasse Ströme tief in ihrem Bauch aufstiegen, bis sie zwischen ihren Schenkeln flossen.

Veronica sank erschöpft auf Annies Brust, der Umschnalldildo steckte immer noch in ihrer Muschi. Die durch ihre kurzen Atemzüge angehobenen Brüste der beiden Frauen rieben aneinander.

- Hat dir Mya gefallen?

- „Ich weiß es nicht“, antwortete Annie, die das Vergnügen, das sie gerade gehabt hatte, nicht zugeben konnte.

- Sag nichts anderes, Schlampe, tobte ihr Chef. Glaubst du, ich habe nichts gesehen?

- Auf jeden Fall möchte ich nicht noch einmal von vorne anfangen.

- Wir werden sehen ! Erinnern Sie sich an die Fotos? Und es gibt auch dieses Video, das ich online stellen könnte, wenn Sie nicht konform sind.

- Oh, Frau Veronica! Du nutzt meine Schwäche aus, um mich dazu zu bringen, Dinge zu tun, die ich nicht will, und...

- Aber was du willst, unterbrach Veronica, und was du jahrelang nur verdrängt hast.

Komm, steh auf und mach mir Tee.

Fast mit Bedauern spürte Annie, wie der Umschnalldildo aus ihrem Geschlechtsteil gezogen wurde. Sie stand auf und ging nackt mit schweren Schritten in Richtung Küche. Die beiden Frauen tranken schweigend ihren Tee, und nachdem sie sich angezogen hatten, wurde Veronica sanfter und bot ihrer Angestellten an, sie nach Hause zu fahren.

- „Ich zähle morgen auf dich", sagte sie zu ihm, als sie ging.

Zurück in ihrer Villa nahm Veronica ihr Telefon und rief Béatrice an.

Sie war fast dreißig Jahre lang seine beste Freundin. Sie hatten gemeinsame Vorlieben, vor allem beim Sex, und den gleichen unstillbaren Appetit auf Vergnügen. Mit männlichen und weiblichen Partnern.

Béatrice war ebenfalls verheiratet. Die beiden Paare hatten sich in Cap d'Agde kennengelernt. Und die beiden Männer hatten ihre Frauen geteilt, auf heißen Swingerpartys oder sogar am Strand.

Veronica und Beatrice liebten sich beide, wenn ihnen danach war. Und das geschah immer häufiger, da Louis längere Zeit und häufig abwesend war.

Eine neue perverse Idee war in Veronicas Kopf aufgekeimt ...

KAPITEL 4

Dieses Mal fiel Annie, zweifellos erschöpft von ihrer Schlaflosigkeit und ihren Albträumen der vergangenen Nächte und vor allem von dem, was sie gerade erlitten hatte, kurz nach dem Abendessen in einen tiefen, traumlosen Schlaf.

Am nächsten Morgen ging sie bis 13 Uhr ihrer Arbeit als Haushälterin für zwei ältere Menschen nach. Dann ging sie zum Essen nach Hause, bevor sie zu Veronica zurückkehrte.

Angesichts dieser Aussicht packte sie noch immer die Angst, die durch die Schande, sich in eine schmutzige und unnatürliche Beziehung hineinziehen zu lassen, noch um das Zehnfache verstärkt wurde. Sie schwankte zwischen der Angst, oder vielmehr dem Schrecken, weitere sexuelle Beziehungen eingehen zu müssen, und der wahnsinnigen Hoffnung, dass ihr Chef sie nun in Ruhe lassen würde, nachdem er bekommen hatte, was sie wollte.

In diesem Geisteszustand befand sie sich, als sie am Tor von Veronicas Villa klingelte.

Als sie sie begrüßte, wusste sie sofort, dass ihr ein weiterer schwieriger Nachmittag bevorstehen würde. Sie wirkte hochmütig und autoritär, aber es war vor allem ihr Outfit, das ihm Sorgen bereitete.

Veronica trug den unteren Teil eines Badeanzugs – einen kleinen Tanga – und ein großes Hemd, das ihrem Mann gehörte (sie erinnerte sich, es gebügelt zu haben), offen über ihrer nackten Brust. Und sie saß auf Sandalen mit unglaublichen Stilettoabsätzen.

- „Hallo Frau Veronica", sagte Annie mit niedergeschlagener Miene zu ihr.

- Hallo Mya. Für mich siehst du nicht gut aus.

- Ja, gnädige Frau.

- So viel besser ! Denn du wirst einiges zu tun haben und ich habe Pläne für dich. Aber zuerst möchte ich dich nicht mehr in diesen schrecklichen Klamotten in diesem Haus sehen.

- Aber Mrs. Veronica ... Ihre Mutter stammelte.

- Es gibt kein „Aber", ich verlange, dass du nackt bist. Es muss für Sie zur Gewohnheit werden.

Wie am Tag zuvor zog Annie ihre Kleider aus und hängte sie an die Garderobe im Flur. Sie schloss sich ihrem Chef an und hatte Angst davor, was als nächstes passieren würde.

- „Ich habe die Waschmaschine laufen lassen", sagte Veronica zu ihm. Sie werden zunächst die im Garten getrocknete Wäsche aushängen und die Wäsche, die Sie aus der Maschine nehmen, aufhängen.

Annie erinnerte Veronica fast daran, dass sie nackt war und dass wir sie vielleicht sehen würden, aber sie überlegte es sich anders und sagte sich, dass es keinen Zweck haben würde. Andernfalls erhalten Sie noch einmal eine Abfuhr. Aufgrund der Vegetation bestand jedenfalls kaum eine Chance, dass ein Nachbar es sehen würde.

Sie tat es und ging auf die Terrasse hinaus. Seltsamerweise fühlte sie sich immer weniger verlegen. Ihre gesamte Bildung hatte ihr eine sehr strenge Bescheidenheit vermittelt, und die Menschen, denen sie begegnete, waren kaum befreiter. Sie dachte an das Foto von Veronica in Cap d'Agde in ihrem Zimmer zurück und begann zu verstehen, dass ihr Chef es zu schätzen wusste, die Wärme der Sonne oder die Liebkosung des Windes auf ihrem freien Körper zu spüren. Aber nicht sie!

Jedenfalls führte sie in Eves Outfit weiterhin Veronicas Befehle aus. Bügeln, Putzen... Bis ihr eine Kristallvase ins Wohnzimmer fiel, die beim Fallen zersprang. Durch den Lärm alarmiert, erschien sein Chef, der auf der Terrasse ein Sonnenbad nahm, im Wohnzimmer.

- Was hast du für eine Dummheit getan, Mya?

- Oh Frau Veronica! Entschuldigung! Die Vase war im Gleichgewicht, ich habe sie beim Abstauben fallen lassen.

- „Die Vase war im Gleichgewicht"?, brüllte Veronica. Noch ein bisschen, und Sie werden so tun, als wäre es nicht Ihre Schuld!

- „Aber nein, Frau Veronica, das habe ich nicht gesagt", antwortete die Haushälterin verlegen und flehend. - Sammle die Glasscherben ein, ich komme wieder ...

Annie sammelte die Trümmer ein und warf sie in den Müll. Als sie ins Wohnzimmer zurückkehrte, stand sie Veronica gegenüber, die ihren Umschnalldildo in der Hand hielt. Sie wurde blass, als sie die Maschine sah, voller Angst und unfähig, den Blick von ihr abzuwenden.

- Du hättest nicht gedacht, dass du damit durchkommst, Mya...

- Madame Veronica ... Oh, ich bitte um Verzeihung, ich werde Ihnen eine weitere Vase kaufen. Das gleiche.

- Darum geht es nicht. Ich muss dich bestrafen.

- Oh, gnädige Frau, nein. Nicht das... das... stammelte Annie, die das Wort nicht aussprechen konnte.

- Geh auf die Knie! - Ach nein...

- Auf die Knie, Mya! Auf dem Teppich ! Und schnell!

Von Angst gelähmt, kniete sie nieder und konnte ein nervöses Zittern nicht unterdrücken. Sein Mangel an Flexibilität machte die Bewegung langsam, was Veronica verärgerte.

- Beeil dich, Mya! Sie sehen, dass Sie eine Diät machen und Sport treiben sollten. Und lehne dich nach vorne.

Annie neigte ihren Oberkörper und stützte sich auf ihre ausgestreckten Arme, den Kopf gesenkt, fügsam und beschämt. Ihre schweren Brüste hingen, den Gesetzen der Schwerkraft unterworfen, herab. Ihr Chef ließ sie die Beine weit spreizen und schob eine Hand zwischen ihre Schenkel.

Sie massierte einige Augenblicke sanft ihre Muschi und spreizte dann ihre großen Schamlippen. Seine flinken Finger rieben mit langen Streichbewegungen ihren Schlitz und zogen dann ihre Klitoris heraus. Veronica streichelte es zuerst, bevor sie es zwischen ihren Fingern drehte und kniff.

Sie wollte ihre Mitarbeiterin zum Schreien bringen und als sie ihr Ziel erreicht hatte, schob sie zwei Finger in ihre Höhle, während sie mit der anderen Hand ihre Brustwarzen zwickte.

Sie schob ihre Finger in Annies Scheide, fügte einen dritten Finger hinzu und stellte erfreut fest, dass sie sich schneller öffnete als beim vorherigen Mal. Sie führte einen vierten Finger ein und dachte, dass sie es vielleicht eines Tages reparieren könnte. Aber sie verdrängte den Gedanken, um nicht in die Versuchung zu geraten, die Dinge noch weiter zu überstürzen. Vor allem, da die arme Frau anfing, stark einzunässen!

- Madame Veronica ... Oh mein Gott ... Hör auf, mein Gott, hör auf, stöhnte Annie, erneut von ihrem schlechten Gewissen überwältigt. Aber auch, zum ersten Mal, durch ein Gefühl, das einem Verlangen ähnelte.

Sein Chef machte sich nicht einmal die Mühe, ihm zu antworten. Sie befahl ihm einfach, in dieser Position zu bleiben, und aus dem Nichts brachte sie etwas zum Vorschein, das Ihrer Mutter immer noch ein störendes Objekt vorkam.

Sie nahm eine ihrer Brüste und steckte die Spitze in eine Art Ring. Dann wird sie eine kleine Schraube sein, die den Ring an ihrer Brustwarze schließt und sie stark drückt, bis Annie vor Schmerzen stöhnt. Und das Gleiche tat sie auch an ihrer anderen Brust.

Die beiden Ringe waren durch eine Kette verbunden und Veronica hängte ein Gewicht daran. Sofort streckten sich ihre schweren Brüste, die bereits unter ihrem Oberkörper hingen. Sie nahmen eine konische Form an und die Warzenhöfe ihrer Brüste begannen schmerzhaft nach oben zu zeigen. Ihr Chef, zufrieden mit dem Ergebnis, passte den Umschnalldildo um ihre Taille.

- Mrs. Veronica ... Oh bitte, nicht das ... Bitte.

Aber Annies Gebete waren ihr egal. Sie kniete sich hinter sie, befahl ihr, den Rücken zu krümmen und die Lippen ihres Geschlechts zu spreizen, um die Vinyl-Eichel an ihrem Schlitz zu reiben.

- Hör auf zu jammern, Mya! Es hat dir gestern gefallen. Ich habe dich vor Vergnügen schreien lassen, wie eine Schlampe. Also benimm dich nicht wie ein kleines Mädchen.

Sie begann in sie einzudringen. Langsam, aber ohne Pause, trotz seines „Nein! Nein!“ und seine Schreie. Sie drückte sich in sie hinein, bis ihre Hüften ihr Gesäß berührten. Dort hielt sie kurz inne, bevor sie stöhnend begann, das riesige dunkle Sexspielzeug in ihre kleine rosa Muschel zu schieben.

Die beiden Frauen konnten ihr Bild im Glas der großen Fenstertür im Wohnzimmer sehen. Und dieses Bild erzeugte bei jedem von ihnen eine ganz andere Wirkung!

Für Annie erinnerte ihre Position sie an die Tiere, die sie bei der Paarung gesehen hatte. Was für ein Horror für sie, die immer in der Missionarsstellung und bei ausgeschaltetem Licht Liebe gemacht hatte!!

Für seinen Chef befriedigte der Anblick dieses von seinen immer heftigeren Stößen erschütterten Körpers seine perversesten Wünsche. Ihr pralles Gesäß, das Fleisch ihrer Schenkel und Schultern waren von Stößen erfüllt; aber was sie jetzt am meisten erregte, waren diese hängenden, gequälten Brüste, die schwankten, bis sie ihren runden Bauch berührten.

Plötzlich stieß Annie einen überraschten Schrei aus. Sie hatte gerade im Fenster eine Frau gesehen, die in der Tür stand und sie beobachtete.

Veronica drehte sich um, ohne Annie zu küssen. Ein breites Lächeln erhellte ihr Gesicht, als sie den Neuankömmling erkannte.

- Hallo Bea. Ich habe das Tor offen gelassen, damit Sie eintreten konnten, ohne zu klingeln.
- „Ich habe es gesehen", antwortete Beatrice. Und ich sehe auch, dass Sie sich mit Ihrer Haushälterin nicht langweilen!
- Oh ja, sie ist eine wunderschöne Schlampe.
- Wenn ich jedoch ihre Schreie glaube, scheint sie nicht einverstanden zu sein ...
- Sie mag es, glauben Sie mir. Nur will sie es sich noch nicht eingestehen.

Annie hörte diesem Gespräch entsetzt zu. Wie konnte ihr Chef so über sie reden? Sie hatte gerade einen neuen Schritt in Demütigung und Scham getan. Wie konnte sie so tief fallen, sie, die sich selbst für eine „ehrliche Frau" hielt?

Die Tatsache, dass wir sie sahen, erregte Veronica offensichtlich noch mehr. Sie steigerte ihre Begeisterung, die Bewegungen ihres Becken wurden immer heftiger. Annie hatte größte Schwierigkeiten, sich zu wehren, sie rutschte auf dem Teppich aus und hatte das Gefühl, ihre Muschi würde explodieren.

Aber ihre Höhle war jetzt mit Liebessaft überflutet und nach und nach überkam sie ein schuldbewusstes Vergnügen. Was seinem Chef nicht entging ...

- Also, Mya, wirst du langsam nass wie eine läufige Hure? Sag es, dass es dir gefällt, wenn deine Muschi gefickt wird!
- Oh nein... Frau Veronica, das ist nicht wahr...

Béa ließ sich das Spektakel der beiden Frauen nicht entgehen. Sie hatte ihren Spitzentanga ausgezogen und setzte sich bequem in einen Sessel. Mit hochgezogenem Rock, die Beine auf den Armlehnen ruhend, streichelte sie sich ohne Scham.

- „Es ist keine Schande zuzugeben, dass man gerne gefickt wird, Mya", fügt Béatrice hinzu. Meine Anwesenheit darf Ihnen nicht peinlich sein. Wenn Sie nur wüssten, was Veronica und ich machen!

Annie hörte nichts mehr. Sie spürte, wie ein Orgasmus kam. Sie versuchte noch einmal, sich zurückzuhalten, aber es gelang ihr nicht. Nicht mehr als beim letzten Mal.

Ihre eingeklemmten und aufgeblähten Brüste lösten bei ihm nun perverse Erregung aus. Und dieses Kommen und Gehen des Dildos, der an den Wänden ihrer Höhle rieb, bis er ihn in Brand setzte ... Sie betete in ihrem Kopf: „Oh mein Gott, lass das aufhören!" Du weißt, ich will nicht...". Vergeblich. Sie würde abspritzen.

Und sie kam wie verrückt vor den Freund ihres Chefs, der ebenfalls beredtes Stöhnen ausstieß. Annie fing an zu schreien, unartikulierte

Worte zu sagen, und ihr Chef wurde gleichzeitig von der Freude überwältigt.

> Beide Frauen brachen keuchend auf dem Teppich zusammen. Veronica streichelte die Brüste und das Gesäß ihrer Angestellten und wurde von einer plötzlichen Zärtlichkeit für ihre großzügigen Formen erfasst. Dann riss sie sich zusammen und nahm wieder ihre autoritäre Haltung an.

- Komm schon, Mya. Du hast genug herumgefaulenzt. Stehen Sie auf und servieren Sie uns ein paar Erfrischungen. Béa und ich sind durstig.

Annie stand auf und sah ihren Chef mit flehender Miene an.

- Soll ich mich anziehen, Frau Veronica? Ich kann deinen Freund immer noch nicht nackt bedienen?
- Machst du Witze, Mya? Du bleibst nackt! Wie auch immer, Béa wird mit mir auf der Terrasse ein Sonnenbad nehmen.

Und tatsächlich sah Annie, als sie sich umdrehte, wie Béatrice sich auszog, bevor sie mit Veronica auf die Terrasse ging, beide im einfachsten Outfit. Das einzige Zugeständnis ihres Chefs: Sie entfernte das Gewicht, das ihre Brüste hängen ließ, verlangte jedoch, dass sie die Klammern behielt, die quetschten und ihre Brustwarzen hervortreten ließen.

Deshalb verbrachte Annie in diesem Outfit den Rest des Nachmittags damit, auf der Terrasse ein und aus zu gehen, um die beiden unbescheidenen bürgerlichen Frauen zu bedienen. Zu ihrer großen Überraschung, aber auch zu ihrer großen Schande, begann sie sich etwas wohler zu fühlen, nackt zu sein und die Wärme der Sonne auf ihrem Körper zu genießen.

Am Ende des Tages entließ Veronica ihre Mitarbeiterin und erinnerte sie daran, dass sie sie am nächsten Tag um 15 Uhr erwarte

Doch bevor sie geht, sagt sie zu ihm: - Übrigens, Mya, ich wollte es dir sagen. Ich finde deine Strumpfhosen und Höschen wirklich schrecklich. Wenn du morgen zur Arbeit kommst, wirst du keines unter deinem Kleid tragen. Nur deinen BH, weil ich verstehe, dass du ihn brauchst.

- Was, Frau Veronica... Sie wollen, dass ich nackt unter meinem Kleid die Straße entlang gehe?

- Aber ja. Wo ist das Problem ? Die Leute werden es nicht merken, und bei dieser Hitze werden Sie sich wohler fühlen.

- Aber...

- Es gibt kein „aber". Denken Sie daran, dass Sie mir gehorchen müssen. Ansonsten...

- „Okay, Mrs. Veronica", antwortete Annie und senkte den Kopf.

KAPITEL 5

Annie verbrachte eine Nacht ohne schlechte Träume, stellte jedoch überrascht fest, dass die ihr von ihrem Chef auferlegten Eskapaden sie immer weniger verfolgten.

Am nächsten Tag, nach dem Mittagessen, machte sie sich bereit, zu Veronicas Haus zurückzukehren. Gehorsam zog sie ihre Strumpfhosen und ihr Höschen aus. Sie betrachtete sich einige Sekunden lang im Spiegel ihres Schlafzimmers, nur mit ihrem BH bekleidet, und bemerkte, dass ihre Haut anfing, einen leicht gebräunten, gleichmäßigen Farbton anzunehmen.

Sie errötete heftig, als sie ihr Haus verließ. Sie hatte sich nicht vorgestellt, was sie fühlen würde, wenn sie fast nackt unter ihrem Kleid die Straße entlangging. Die Reibung des Kleides an ihrem Gesäß, die kühle Luft, die über ihr entblößtes Geschlecht streifte ... Sie hatte den Eindruck, dass alle Passanten sie ansahen und rieten.

Nach und nach ließ ihre Verlegenheit nach, und sie war fast verschwunden, als sie an der Tür der Villa klingelte.

Veronica brachte sie herein, begrüßte sie freundlich und ohne dass sie darum gebeten hatte, ging Annie in den Flur und zog ihr Kleid und ihren BH aus.

Ihr Chef lächelte, als er die veränderte Haltung ihrer Haushälterin bemerkte. Sie gab ihm eine ganze Reihe von Aufgaben, die er sowohl innerhalb als auch außerhalb des Hauses erledigen sollte. Veronica saß, wie es bei dem schönen Wetter inzwischen zur Gewohnheit geworden war, nackt auf der Terrasse. Sie konnte nicht anders, als nass zu werden, als sie sah, wie Annie sich mit schweren Schritten bewegte, was ihr Gesäß und ihre Brüste zum Wackeln brachte.

Nachdem Annie ihr einige Erfrischungen serviert hatte, folgte sie ihr in die Küche. Ohne dass sie es bemerkte, schnappte sie sich einen Doppeldildo, den sie diskret in Reichweite platziert hatte. Diesmal war es kein Umschnalldildo, sondern ein Sexspielzeug, dessen eines Ende sie in ihren Schlitz steckte. Der andere Teil stand wie ein erigierter Phallus im Schritt seiner Schenkel.

Annie war damit beschäftigt, das Besteck auf dem Küchentisch abzuräumen, und sie hörte ihn nicht kommen. Sie stieß einen kleinen Überraschungsschrei aus, als sie spürte, wie eine mit schweren Ringen geschmückte Hand an ihre Brust gedrückt wurde, während ihr Chef mit der anderen Hand das Besteck ans Ende des Tisches schob.

- „Beug dich vor, du große Schlampe“, rülpste Veronica. Stützen Sie sich auf Ihre Arme und krümmen Sie Ihren Rücken.

- „Oh, Mrs. Veronica“, schluchzte Annie. Du wirst nicht wieder von vorne anfangen...

- Natürlich ja ! Und vor allem: Halt die Klappe, es gefällt dir, du Hure. Und spreize deine großen Schenkel weiter!

Veronica beugte leicht die Knie, platzierte den Dildo an Annies kleinen Lippen und stand ohne weitere Vorbereitungen auf, um ihn mit einem einzigen Stoß in das Geschlecht ihrer Angestellten zu schieben, die ein langes Stöhnen nicht zurückhalten konnte.

Dieses Sexspielzeug war zwar massiv, aber kleiner als der riesige Umschnalldildo, der ihm so große Schmerzen bereitet hatte. Es war mit einer Art Silikonfinger ausgestattet, der Veronicas Klitoris bei jeder ihrer Bewegungen stimulierte.

Die große Bourgeoisie, deren Wangen brannten und deren Körper vor Schweiß triefte, war mit großen Stößen beschäftigt und hämmerte unermüdlich auf Annies Arschloch ein, aus dem bald lange Ströme von Nässe herausflossen.

Diesmal konnte Annie sich nicht beherrschen und die Freude verbergen, die sie trotz ihrer Scham noch immer tief in ihrer Brust spürte. Die „vernünftigere" Größe des Dildos könnte etwas damit zu tun haben. Es sei denn, sie gibt diesen perversen Praktiken jetzt leichter nach.

- Es gefällt dir, nicht wahr, meine Schlampe? Du bist auf den Geschmack gekommen, deine Muschi ficken zu lassen!

- Oh, Frau Veronica... das musst du nicht... Aber sie konnte nicht mehr sprechen, als sie sich ihrem Orgasmus näherte.

- Lasst uns mit eurer Moral und euren Streichen in Ruhe! Du wirst abspritzen! Also profitieren Sie davon!

- Aaaaaaah......

- Sagen Sie es, es macht Ihnen Spaß! Sag es !!

- Ja.... ICH.... Ich genieße es... Ich genieße...

- Oooooh... Ich auch, ich... ich komme!... Scheiße, es ist gut!!, schrie Veronica, während ihr Liebessaft über ihre Schenkel floss.

Doch zu Annies großer Bestürzung beruhigte dieser Orgasmus ihren Chef nicht. Sie verlangsamt das Tempo kaum. Und bald erklangen leise Schreie eines verwundeten Tieres aus Annies Kehle. Das Vergnügen wurde in der Höhle ihrer vom Hin und Her des Dildos perforierten Scheide wiedergeboren, und sie versuchte nicht einmal mehr, es zu verbergen.

In diesem Moment beschmierte Veronica die Finger ihrer rechten Hand feucht und spuckte zwischen Annies Gesäß, direkt auf ihren Anus. Sie führte sanft einen Finger ein, drückte ihn hinein, nahm ihn wieder heraus ... drückte einen Moment hinein ... Annie protestierte, da sie noch nie eine solche Berührung erlebt hatte.

- Nein, Frau Veronica ... Sie haben kein Recht!

„Es ist verboten", schrie sie.

Vergeblich. Ihr Chef hatte nur eine Idee: das kleine Loch ihrer Haushälterin zu entjungfern. Nur aus diesem Grund hatte sie sich für diesen Dildo entschieden. Seine Größe war für diesen kleinen jungfräulichen Arsch „akzeptabler". Und gleichzeitig bescherte es Veronica fantastische Empfindungen.

Sie hatte einen dritten Finger in die kleine dunkle, runzlige Nelke gesteckt. Sie drehte sie um und schob sie in die schmale Scheide, taub für die weinenden Bitten. So sehr, dass es Annie gelang, sich zu entspannen und unbekannte Empfindungen aus ihrem kleinen Loch, in ihren Nieren, in ihrer Magengrube auszustrahlen begannen.

Als sie dies bemerkte, entfernte Veronica den glitzernden, nassen Dildo aus Annies Muschi, schob ihn zwischen ihren Gesäßbacken nach oben, spreizte sie und drückte mit dem Ende des Sexspielzeugs auf den bereits geweiteten Anus. Annie schrie, wollte weg, aber ihr Chef drückte sie mit dem ganzen Gewicht ihres Körpers gegen den Tisch und sie packte sie an den Haaren, um sie zu zwingen, ihren Rücken zu krümmen.

Der lange rosafarbene Schaft wurde langsam von Annies kleinem Loch verschlungen, die wieder einmal schluchzte. Ihre geweitete Rosette bereitete ihr Schmerzen. Sie spürte in ihren Eingeweiden, wie dieser Harzschwanz Zentimeter für Zentimeter vorankam, und glaubte, dass sie nie mehr gedemütigt werden könnte.

Für sie war Sodomie mit den abfälligen Bemerkungen einiger Männer über „Schwuchteln" verbunden, die sie gehört hatte. Es war der Gipfel der Erniedrigung und Verderbtheit!

Doch sein Chef war von diesen Überlegungen Lichtjahre entfernt. Für sie zählte nur das Schauspiel der aufgerissenen Hinterbacken ihrer Mitarbeiterin, der von der ersten Sonneneinstrahlung gerötete Dildo, der zwischen die beiden Kugeln gleiten sollte, und vor allem die Empfindungen, die die Maschine bei jeder Bewegung in ihr auslöste Muschi und bei Kontakt. von ihrem harten und erigierten Kitzler.

Sie ignorierte Annies Beschwerden und begann, sie brutal zu ficken. Sie wollte, dass sie ihr gehörte, völlig unterwürfig und ihm wider Willen Vergnügen bereitete. Während sie weiterhin mit der linken Hand an seinen Haaren zog, legte sie ihren Arm um seine breite Taille, um seinen Liebesknopf zwischen ihre Finger zu nehmen. Sie fing an, es zu streicheln, dann zu reiben, zu kneifen.

Die arme Frau litt hilflos unter den Übergriffen Veronikas. Tränen liefen ihr über die Wangen. Ihr kleines Loch stand in Flammen. Und jetzt diese Schlampe, die seinen kleinen Knopf angriff ...

Aber sie wusste, wie es geht! Annie spürte diese Empfindungen, die sie allmählich zu gut kannte und die sie mit Reue und Scham überwältigten. Dieses Vergnügen, das geboren wurde, stieg auf, mechanisch, unaufhaltsam ... Und der Liebessaft, der in die Höhle ihrer armen alten Frau zu fließen begann, die so wenig Vergnügen gekannt hatte. Sie hatte das Gefühl, ein Tier zu werden, eine Frau auf der Jagd, und sie konnte ihr Verlangen nicht länger unterdrücken.

Sie begann zu stöhnen und die Modulation ihres Stöhnens verriet, was sie fühlte. Veronica konnte sich bei all ihrer perversen Erregung nicht irren. Sie pflügte jetzt Annies Arsch mit großen Stößen und zerschmetterte dabei jedes Mal ihre eigene Muschi.

- Siehst du, Mya, du... du magst... du magst es, gefickt zu werden.

Annie hatte nicht mehr den Mut oder den Wunsch, zu antworten oder zu leugnen, was sie fühlte. Sie kapitulierte. Ihr Stöhnen verwandelte sich in Stöhnen und kleine hohe Schreie, die auf die Gewalt der Dildoschläge oder die Folter, die ihre Klitoris erduldete, folgten. Ohne es zu merken, krümmte sie ihren Rücken, um ihr ihr kleines Loch anzubieten.

Seine Haltung verstärkte nur Veronicas Aufregung, die nun in Hysterie umschlug. Sie schnappte nach Luft, als sie sich hineinstürzte und mit Gewalt den unermüdlichen Penis aus dem Arsch ihrer Angestellten zog. Als sie es umdrehte, drückte sie in ihren armen kleinen Knopf.

Die beiden Frauen kamen fast gleichzeitig und beide strömten nasse Ströme aus, die ihre Schenkel durchnässten. Keiner von ihnen konnte sich beherrschen. Die Orgasmen folgten aufeinander, unterbrochen von gebrochenen Sätzen.

- Kommst du, Mya? Du magst...
- Ja, gnädige Frau... Veronica... Oh, wie gut...

Oh, ich schäme mich...

Doch schon erhob sich ein neuer Tsunami zwischen ihren Hinterbacken, erschüttert von den Stößen ihres Chefs. Und ohne erklären zu können, warum, trug der starke Schmerz ihrer missbrauchten Klitoris zu diesem Vergnügen bei.

Schließlich beruhigten sie sich und ließen sich auf die kalten Fliesen der Küche fallen, ohne auseinanderzubrechen. Während Veronica den Dildo entfernte, der an ihrem Schlitz festgeschweißt schien, streichelte sie Annie nun sanft und zärtlich. Sie hatte ihre Ziele erreicht.

Sie kamen beide nackt, schweißgebadet und mit klebrigem Liebessaft befleckt auf die Terrasse. Und Annie holte etwas Fruchtsaft aus dem Kühlschrank, den sie gemeinsam in mitschuldigem Schweigen tranken.

Als Annie sich eine Stunde später anzog, um zu gehen, gab Veronica ihr einen Umschlag mit ihrem Gehalt und einem Bündel Geldscheinen. Sie wollte für ein paar Tage zu Louis fahren und vereinbarte mit ihm den Termin für ihren nächsten „Arbeitsnachmittag".

WÄHREND DIESER WENIGEN Tage dachte Annie ständig darüber nach, was sie zu ertragen bereit war. Sie beschloss schließlich, diese „Sünden" bei ihrer nächsten Beichte zu beschönigen – es war zu schwer, sie zu beichten und zu beschreiben. Ihre Buße wäre die Schande, die sie empfand.

Doch im Laufe der Tage wurde ihr klar, dass sie sich mit immer weniger Abscheu an diese Momente der Lust und diese Orgasmen erinnerte. Und selbst dass sie es kaum erwarten konnte, zu Veronica zurückzukehren ...

Am vereinbarten Tag bereitete sie sich auf die Rückkehr zu ihrem Chef vor. Sie ging auf die Straße, trug nur ihren BH unter ihrer Bluse und merkte mittendrin, dass sie nass war!

Als sie bei Veronica ankam, nahm sie das wieder auf, was ihr zur Gewohnheit geworden war, eine Zeremonie. Zieh dich aus. Gehen Sie im Eve-Outfit auf die sonnendurchflutete Terrasse, um Anweisungen von Ihrem Chef zu erhalten.

Nach ein paar Stunden Putzen befahl Veronica Annie, in ihr Zimmer zu gehen und ihr „was auch immer auf dem Bett lag" zu bringen. Sie tat es mit klopfendem Herzen und vermutete, dass ihr Chef sie erneut ihren perversen Gelüsten aussetzen würde. Tatsächlich lag auf dem Bett gut sichtbar ein neuer Umschnalldildo. So monströs wie die andere, die sie bereits so gut kannte.

Sie ging zurück nach unten und fand ihren Chef im Wohnzimmer stehen. Nackt. Strahlend. Mit zitternder Hand reichte sie ihm den Dildo. Während Veronica das Geschirr um ihre Taille befestigte, betrachtete sie mit gierigem Gesichtsausdruck den üppigen Körper ihrer Angestellten ohne Schleier.

- Geh auf die Knie, Mya... Du musst es in den letzten Tagen vermisst haben, nicht gefickt und gefickt zu werden. Du willst es ?

- „Ja, Frau Veronica", antwortete sie mit gedämpfter Stimme, während sie hündchenartig auf dem Teppich hockte.

Annie krümmte ihren Rücken und wartete darauf, das neue Sexspielzeug zwischen ihren Schenkeln zu spüren. Sie hatte gerade erkannt, dass sie jetzt ebenso willig wie unterwürfig war.

ENDE.

Also by JULIETTE QUINN

Der Abstieg einer Witwe in die Hölle

Milton Keynes UK
Ingram Content Group UK Ltd.
UKHW041851090224
437493UK00001B/62

9 798224 123407